GROWING UP IS
A BEAUTIFUL
PAIN
I

青春難為
負傷翱翔
的每一天

青色愛情：08

青春難為：負傷翱翔的每一天

著　　者　夏嵐
出 版 者　大拓文化事業有限公司
執行編輯　陳竹蕾
美術編輯　蕭若辰

總 經 銷　永續圖書有限公司
劃撥帳號　18669219
地　　址　22103　新北市汐止區大同路三段一九四號九樓之一
TEL　（〇二）八六四七—三六六三
FAX　（〇二）八六四七—三六六〇
E-mail　yungjiuh@ms45.hinet.net
網　址　www.foreverbooks.com.tw

CVS代理　美璟文化有限公司
TEL　（〇二）二七二三—九九六八
FAX　（〇二）二七二三—九六六八

法律顧問　方圓法律事務所　涂成樞律師

出 版 日◇二〇一五年二月

國家圖書館出版品預行編目資料

青春難為：負傷翱翔的每一天 / 夏嵐著.
-- 初版. -- 新北市：大拓文化，民104.02
面；　公分. --（青色愛情系列；8）

ISBN 978-986-5886-96-7（平裝）

857.7　　103026363

目錄
CONTENTS

01. 流光隧道中的九月

忽明忽暗，忽遠忽近。莘兒感受到遠方的光點混雜著雨聲，不斷打在公車窗上。開學的第一天就遇上這種九月颱，原本能直接從學校宿舍上學的莘兒，卻因為一早要去市區的早餐店打工，現在才會坐著公車回學校。

「新生訓練是十點開始，雖然多跑了這一趟，但今天早上多賺了三小時的工錢。」莘兒暫時拿下眼鏡，揉了揉因睡眠不足而疼痛的眼睛。

打從五天前搬進宿舍的那刻開始，莘兒就主動到學校外頭的美食街找工作。畢竟，大學四年若是過得太爽，一畢業還沒工作，就要負擔十幾萬的學貸。

「請問這裡缺工讀生嗎？時薪多少？」美食街全問遍了，不是不缺人，就是價碼莘兒不滿意，她決定每天多花三十元的公車費，離開學區到市區找。還好，當天就找到一家面向辦公大樓的高檔美式餐飲連鎖店，時薪比學校美食街好多了。

「至於學校內的行政工讀，一個月頂多賺個六千，我就不考慮了。」莘兒需要的，是一個月至少能賺上萬的活兒，她什麼都願意做。打工生活從莘兒滿十六歲那年就開始，從餐飲業、超商到加油站，莘兒吃過一些虧，卻也熟門熟路了。

她幸運多了，念的至少是中字輩的國立大學，如果當初像堂姐一樣念私立學校，負擔會更重。

「還沒到啊……下雨天果然會塞車，希望新生訓練不要遲到！」莘兒早料到自己可能會沒時間回寢室換裝，舊帆布包內已經放了以塑膠袋包好的備用球鞋、乾爽襪子。當然，新生訓練的手冊她也帶著。

「等等一下車，就往大禮堂衝吧！」莘兒心想。

路面淹水，公車像在汪洋中航行。車身在顛顛簸簸地往前滑，時開時停，昏暗的灰藍天光透過窗上的百萬顆雨珠往前掃射，車身像是駛入一個充滿流光掠影的隧道。

在這個隧道中，莘兒無法想像自己的大一生活。她期待著遇到許多好事，卻明白自己可能也無暇享受那樣的福份。每天睜眼就要讀書、工作，其餘時間能做什麼呢?不，搞不好連所謂的「其餘時間」都沒有。莘兒只希望能儘快存到學費。

迷迷糊糊、半睡半醒之際，莘兒渾身發冷。原本該陽光普照的開學日，卻因爲遇上颱風天而顯得寒冷無比。

「不該穿七分褲的，但下雨天穿長褲更不方便……」莘兒望著自己身上普普通通的吸汗小花T恤、七分褲，與一件連身外套，它們都是從高一就穿到現在的老戰友了。像她這種時常得東忙西跑的打工族，選擇這種耐穿的衣服既舒適又省錢。

「前方淹水，我們在這邊臨時停車!要下車的請往前喔!」司機叫著站名，莘兒抬頭望去，唉呀!大學後門已經是汪洋一片。

莘兒套上雨衣、戴上眼鏡，拔腿衝入雨中。

校園的道路上，一批批青春洋溢的大一新鮮人正在整隊出發。男孩們穿著夾腳拖涉水而行，但也多半往髮上抹過造型品，沒有邋遢出門，更不用說那些穿著夏日印花洋裝、雪紡紗的小女生班級，每張傘下的身影都在比拚時尚。

「英文系、英文系……」裹在雨衣中的莘兒，忙著找自己班上的隊伍。

她從小就對英文比較有興趣，高中時陪著孩子唸英文故事書就能賺取家教費，也讓她覺得學語言不會有錯。

所以，也就這樣選了英文系，考上了這裡。

前方有一票特別纖瘦雪白的青春女孩，有幾個莘兒在搬進宿舍時見過。那些理工科的男孩正拼命打量著這支亮眼的班級隊伍……沒錯了，就是那裡。

莘兒向著目標猛跑過去。

「啊啊！小心啊！」幾位領隊的同系學姐被莘兒的雨衣給濺了一身水，難免作出厭惡的神情。

「不好意思……」莘兒連忙找了個不起眼的隊伍角落鑽了進去。

「竟然有人穿雨衣……妝不都花了嗎？」前方幾個看起來是「白富美」的女孩說道。長得白皙漂亮，身上的行頭也很了不起，她們是莘兒一向畏懼打交道的白富美女孩了。

不過，說到化妝，莘兒除了嘴上的一點護唇膏之外，只擦了大賣場出清的防曬乳，根本不需要擔心妝會花，倒是她自己剪得可憐兮兮的瀏海，此刻在雨水的侵襲下，顯得狼狽又恐怖。

「妳要面紙嗎？」一個甜甜的聲音傳來，原來是莘兒隔壁的一張熟面孔。

「哦！我在搬進宿舍的時候看過妳！」是對面寢室的女孩，跟莘兒一樣剪了個清爽可人的短髮。不過，人家的頭髮是在髮廊修的，莘兒則是自己在鏡子前剪的。

這位女孩的髮絲還染成了時髦的棕色，模樣看起來就像焦糖一樣甜美。

「我是莎莎，妳那天還幫我搬了電扇，忘記了啊？」莎莎微笑。

莘兒想，好像真有這回事。莎莎也跟莘兒一樣，東西全是委託網路搬家公司載來的。當天莎莎因爲不信任搬家公司，貴重的東西自己隨身攜帶，是個很有警覺性的聰明女孩。

看到莎莎的笑容，莘兒收拾好慌亂的情緒，魚貫排隊走入大禮堂。

禮堂內，涼涼的冷氣吹得大夥兒一陣發顫。

「大家趕快來想口號啊！每個班級都有自己的班呼，輸人不輸陣喔！」幾位學長姐露出微笑，他們的穿著明顯比大一生成熟多了。

「光電、光電，魅力百變！」禮堂內此起彼落地傳出系呼與班呼。

「唉呀！太老套了吧！我們要想個更厲害的！最好摺幾句英文，讓大家知道我們英文系來勢洶洶！」那群白富美同學立刻帶頭想了幾個點子。

吹著冰涼的冷氣、早上又五點多起床打工，一下子聽到迴盪在大禮堂內的各種混亂口號……莘兒只覺得頭昏腦脹。

「欸！妳要不要也過來想？」莘兒發現對方也有些眼熟，原來是同寢室的室友凱瑟琳。英文系多以英文名字當作暱稱，聽到學長姐彼此「凱蒂」、「艾倫」地叫，莘兒也大概懂了。

英文系的新成員們總算想了個學長姐也說讚的班呼，隨即以女孩子的尖細嗓音大喊起來，班上僅有的四個男孩也努力使出丹田之力，用力呼喊。

莘兒怕被人說不合群，也只能跟著一旁的莎莎拚命喊。

「難道讀個大學，真的要這麼累嗎……什麼活動都要拚成這樣。」她默默地想。

※※

開學第一週最忙亂的選課，莘兒以自己的興趣與判斷力獨自完成了。她認為與其聽同學說什麼課的老師受歡迎、底子好，不如以課後作業不多的老師為優先。

「沒辦法，沒錢的學生不能考慮派太多作業的老師，否則根本沒有打工賺學費的時間。還得想辦法存點錢，要不然畢業之後想租屋、找工作都沒辦法。」

畢竟，作業太多的話，那她可就又要削減睡眠時間了，對需要更多工讀時間的莘兒來說，這真的是危及存亡的問題啊！

九月後兩週的適應期，咻一下就過去了。莘兒跟同寢室的「白富美」族群——凱瑟琳、粉粉、米妮也維持著平淡但友善的室友關係，一開始她們還會邀莘兒週末出遊、聯誼，但十次中有九次莘兒都說要打工沒空，另一次則是喊累想補眠。久而久之，莘兒「難約」的特質也在班上傳開了。

雖然選的多半是些輕鬆的老師，但英文系大一的基本必修仍是非常難搞，莘兒得一次次地推遲打工時間、請假，去滿足共同必修的小組會議、組內作業，自然也是十分頭痛。

「『簡愛』的分章大綱，我已經完成了，還請大家幫忙核對。」這天開完會，莘兒又想匆匆離開，卻被叫住了。

化著淡妝、染了一頭時髦紅髮的凱瑟琳問：「唉！莘兒妳該不會沒聽說吧？

今天不是莎莎的生日嗎？我們約在美食街的轟轟屋幫她慶生。」

莎莎是莘兒非常要好的朋友，這場慶生當然是要去的。

「啊！謝謝妳提醒我……我先去書局買生日卡片，等等就過去跟妳們會合喔！」莘兒連忙拿著筆記本與課本起身。

「那就等等見。」其餘同學則慢條斯理地收拾著筆電、平板電腦。這些都是莘兒沒有的電子產品，她宿舍裡只有一台老舊的桌電，作業系統還是ＸＰ，是堂哥用了五、六年後，最近才送她當開學禮物的。

少了３Ｃ產品，總是忙著去下一個打工地點的莘兒，移動起來也很方便。上課時因爲不用電腦擋著臉，那些外籍教授們反而對莘兒很有印象。使用紙筆的傳統筆記方式，也讓莘兒頗爲習慣，反正有了桌電，作業、打報告不成問題就好。若是懶得回寢室，學校的計算機中心也有又快又新的免費電腦可用。

「啊！已經花這麼多時間選卡片啦……」就在莘兒結帳完，準備在書店櫃台填寫給莎莎的卡片時……

「筆呢？啊！難道放在剛剛開會的桌上，沒帶走嗎？」一想到那枝筆才剛買沒多久，莘兒的心都沉了。

就在她慌亂之際，一枝零點三八的藍色細字筆遞到她眼前。

「拿去用吧！」眼前是一張友善的男孩臉孔。

黑而清澈的瞳仁，漂亮修長的眉形，這是開學以來，莘兒第一次直視班上同學以外的男孩。

對方有著陌生卻親切的笑容。

他的聲音聽起來柔柔的，非常舒服。「拿去用啦！妳不是趕時間嗎？」

「咦？」莘兒先是握住了男孩的筆，卻更加疑惑了。「爲什麼你知道我在趕時間呢？」

「妳是莎莎的朋友吧？我也認識她，待會兒也是要去幫她慶生。一看到妳慌張地挑了張生日卡，又急著結帳，一切就說得通了。」男孩微笑。「來，快寫吧！」

男孩紳士地等在一旁，莘兒腦袋一片空白，勉強寫上了幾句話。

「我是地球科學系二年級的凱藍。」他在一旁介紹著自己。「前陣子跟莎莎聯誼時認識的。」

「嗯嗯……」莘兒忙著結束卡片內容，許多外系的男孩都特別愛找文科大一的新鮮人學妹聯誼，這不是什麼新鮮事。但莘兒一直誤會大二以上的學長多半好色又油條，像凱藍這麼活潑卻不讓人反感的，她還是第一次遇到。

不過說起來，莘兒對學校裡的男孩生態也根本不懂。

凱藍在一旁站著，擺明就是在等她寫完卡片，莘兒更緊張了，連忙把卡片包好。

「走吧！」凱藍笑盈盈地替莘兒開啓書店的玻璃門，還引她走到馬路內側。不曉得爲什麼，這一連串小舉動，讓莘兒有些開心。

跟凱藍並肩走時，迎面而來的許多女孩都用好奇的眼光打量莘兒，彷彿跟凱藍走在一起是什麼値得驕傲的事情一樣。凱藍也一個個自然地與她們點頭打招呼，繼續帶著莘兒抄近路走向慶生地點。

「人脈好廣喔……」莘兒不太敢跟凱藍攀談，也完全不知道要說什麼，只能悶著頭跟在他身後。凱藍穿的刷白牛仔褲，襯托出他大方清爽的氣質，身上是簡單的T恤，肩膀雖窄，但手指纖長有力，看起來是經常握筆寫作的人。

「是我走太快了嗎？」凱藍馬上發現莘兒客套地走在後方，便爽朗地放緩腳步，主動與她說話。「妳是在擔心遲到嗎？不用怕啦！慶生會就跟一般的休閒娛樂一樣，放輕鬆就好，沒有人會因爲一、二十分鐘的遲到而生氣的。」

「不……我只是單純不想遲到。」莘兒意外發現自己成了句點王，並不是在男孩子面前就不會說話，畢竟她打工經驗多，什麼樣的男孩子沒有遇過？

只是，在凱藍面前，自己慌張又不得體的模樣，一定給人看笑話了，光是一想到這裡，莘兒就全身不自在。

但凱藍一點也不在意似的，還指著前面。「馬上就到啦！妳看，黃招牌的冷飲店，轟轟屋。」

莘兒這才發現，已開學兩週，自己對於學校偌大的美食街有哪些店面，卻完全不熟。平常吃飯她總是在市區吃，不然就吃超商的，有時候也會自己買菜冰在宿舍的烹煮區。因爲美食街的一杯飲料動輒四、五十元，便當也七、八十元，實在是吃不起、喝不了，莘兒當然不會像其他同學一樣，照三餐來這裡報到。

步入飲料店內部，木造建築中隔成不同的舒適包廂，飄著各式飲料香氣的隔間，早已擠滿了人。一進轟轟屋的包廂，大家全被凱藍的身影給吸引。

「凱藍！」

「唷！我們來了！」凱藍舉手朝滿包廂的人打招呼。

有人發問道：「咦？後面這位是……」

「我是英文系大一的莘兒，你好。」莘兒中規中矩地向一大票不認識的學長姐打招呼，原來他們多半是自己系上的大二學長姐。

「哦哦！那個莘兒啊！」學長姐親切地點點頭，莘兒不安地一一打招呼，找了個角落坐下。

「咦！主角還沒到啊？先點飲料吧！」沒想到凱藍會在自己身旁坐下，陸陸續續又有幾位班上的同學進入，狹小的和室包廂頓時擠了起來。

莘兒以前在飲料店打過工，知道飲料多半是些糖水與色素，不過的確好久沒奢侈地享受一杯四、五十元的飲料了，她爲難地看著MENU。

「我請妳。」凱藍溫柔地問。「想喝什麼？」

「我……不用啦！」一陣推託，莘兒總算接受了凱藍的好意。

「學長，你就不請我們？」一群跟凱藍同輩的女孩裝嫩，故意鬧他。

折騰了半天，壽星莎莎隨著一票同班同學鬧哄哄地進入美食街，大老遠就聽到他們的嬉鬧聲，老闆娘立刻幫他們換了個更大的包廂。

轟轟烈烈地唱完生日快樂歌，卡片、禮物都遞出去了，大家聊到興頭上。

凱藍湊了過來。「妳有用臉書嗎？我加妳好嗎？」

「咦……」莘兒望著凱藍手上的智慧型手機視窗發呆。

「這樣才知道妳的生日嘛！我記性不好，都要靠臉書提醒呢！可以嗎？」

「嗯……但我很少用臉書喔！」莘兒說了實話，但凱藍只是大方自信地笑著，三兩下就用手機發送了交友邀請。

回到寢室，莘兒感覺有些疲憊，但她卻比往常積極地打開書桌上的老電腦。臉書視窗上，凱藍陽光的臉書大頭貼正朝她微笑著。

02. 循軌航行的十月

外籍老師珍娜叫著莘兒的英文名字，喚她過來。莘兒的英聽其實不太好，口說也總是講得畏畏縮縮，看到那些能用英文跟老師們搞笑的學長姐，只覺得羨慕。

「Zin，妳的作文寫得很好，雖然老師只要求一頁，但妳交了兩頁半。」

「抱歉……我下次會注意，限制在一頁以內。」

「不、不，妳文筆很好，就算多讓我讀個一、兩頁，我也很享受呀！」黑髮綠眼的珍娜輕輕地微笑。「妳是寫到欲罷不能吧？這樣的學生很難得，是適合寫作的好料子啊！」

「謝謝珍娜……」莘兒每週最期待的，的確是英文作文課。老師對文章的要求其實並不嚴苛，多半要求他們交短篇故事的讀後感，主要是藉著作業來培養學生們的文法與語感。透過每週的鍛鍊，莘兒終於對大一必修的幾門課程都有了點信心。

她班上有不少同學都是把英國、美國當自家後院在走，住過國外的也大有人在，每當聽到那麼標準的腔調，莘兒總會對自己的英文口說感到自卑。「不行，我好歹也是個英文系學生了，必須拿出一點架式來。」漸漸地，她也要求自己主動跟家教學生全程說英文，教學相長，家長們對莘兒的認真都感到很滿意，還漲了薪水。

該離開教室了。莘兒邊走邊按手機中的計算機軟體，經過這兩個月來沒日沒夜的努力，終於確定第一學期的學費沒問題了，先前暑假也拼命打工，可以說終於能安心了！

「莘兒！」走廊傳來好朋友莎莎的呼喚。「妳們作文課也下課了？下午還有課嗎？」

莘兒回答。「不，黎老師這週停課。」

「那要趕快去收拾行李了呢！」莎莎指的是明後兩天的「迎新宿營」，是兩天一夜的聯誼營。今年英文系與光電系合辦，由英文系大二與光電系大三的學長姐兩兩組成「隊輔」，各自領著十個小隊玩遊戲對抗，來增加彼此的友誼。

一直沒有什麼機會跟學長姐正式認識，再加上迎新宿營又要繳出一筆費用，莘兒原本不想參加，曾跟莎莎抱怨過這件事。但當天晚上，許久不見的凱藍現身在臉書上，發訊息給莘兒。

「抱歉！最近都沒有關心妳耶！」雖然知道凱藍只是自己憧憬的大哥哥，並沒有什麼義務要「關心」自己，但莘兒還是很開心，心頭更有一種甜甜的感覺。

「沒想到這麼出色、這麼有人氣的男生，還願意花點時間在我身上。」莘兒對接下來凱藍所說的話，十分認真地思考。

「聽莎莎說妳好像不去迎新宿營?如果只是想省錢的話，建議妳還是要去。迎新宿營可以說是大一最重要的一個活動，可以多認識不同系風、班風的朋友、學長姐，如果沒參加，往後很多話題都容易跟不上。若錯過這個機會，短時間內也很難再跟那麼多的學長姐、同學們變熟了。若妳對人際關係比較遲鈍的話，或許沒關係。但我和莎莎都滿希望妳去的，會很好玩喔！」

凱藍這麼嚴肅又充滿關心地用臉書訊息跟自己聊天，還是第一次。莘兒想想，一、兩千元的費用省一省就有，大學如果不交點朋友，實在會覺得少了些什麼，才在最後關頭決定參加。

得知莘兒答應之後，莎莎也很開心，出發前夕就和莘兒一起打包行李。

「真高興凱藍學長說動妳了。」莎莎有些得意，大概是認爲自己的號召力頗爲出色。

「謝謝妳這麼用心，還去找凱藍學長說服我。」莘兒衷心地微笑。

「唉！這種事還是學長姐比較懂。」莎莎笑道。「其實我主要是怕妳因爲沒有去迎新宿營，就跟班上同學漸行漸遠……因爲先前我們班有一些聚會，妳剛好都要打工，沒有參加到。」

莘兒仔細想想，自己過去一、兩個月的確沒有充分享受大學生活的感覺，每週要教那麼多個家教學生、適應課業，幾乎已經沒時間好好睡覺了。唯一在課堂以外的地方與朋友見面，大概就是參加莎莎生日會的那一晚。

那晚她玩得很開心，也終於看到系上幾個友善又亮眼的學長姐。自己升上大二之後，就能變成那樣亮麗又充滿自信嗎？莘兒完全無法想像。

莎莎開始打包行李，莘兒也持續一樣的動作。

「聽露西學姐說，這次跟我們聯誼的光電系大一生，素質很高！」莎莎眼睛發亮，充滿期待。

「『素質很高』，什麼意思呀？」

「唉呀！就是臉的素質很高啦！都是帥哥！」莎莎哈哈大笑。「我要挑一些漂亮又方便活動的衣服……」

此時，莘兒忽然想到凱藍學長提醒過的事。

「爲了提昇活動的一致性和紀念性，迎新宿營幾乎都穿著營隊統一發下來的紀念T恤，晚上回房才能穿自己的睡衣。所以妳就不用花時間考慮要帶什麼衣服了，只需要挑一雙輕便好走的鞋子就好。這次妳們要去的地方我已經跟妳們學長姐求證過了，的確是湖邊，要走很多路。」

「原來，莎莎並不曉得這件事啊！」莘兒忽然有種優越感，看來自己終於也有比莎莎搶先一步的地方。

「看來凱藍學長只有跟我說，沒有特地叮嚀莎莎。」莘兒心中有種甜蜜的勝利感。

眼看莎莎選了一堆漂亮的上衣放進行李箱，莘兒卻有種感覺，這些大一女生呀……滿心只想招蜂引蝶。

莘兒衣櫃裡不可能出現的好看衣服，此刻全被莎莎粗暴地收進行李箱中，裡頭有十分成熟的款式，也有洋溢少女甜美氣息的專櫃品。忽然間，莘兒心裡不是滋味。

「妳會不會帶太多？才去兩天一夜啊！」莘兒忍不住出聲。

「哦哦……」莎莎哈哈一笑。「也是喔！」

莘兒點點頭。「那……我回自己房間整理行李了。聽說明早七點就要集合了。」

「好早喔！我八點都不一定起得來。」莎莎隨口抱怨著。

莘兒望著莎莎，她從不缺錢，當然不會知道自己每天五點半就起床，去早餐店打工的心情。不過，這種見不得人好的心態非常可怕，莘兒在高中就經歷過很多次，實在不願意又以「對方家境比較好」這種理由去討厭一個人。

莎莎是個溫暖的女孩，只是某些地方自己並不全然認同罷了。

不知不覺地，莘兒也就沒有提起迎新制服的事情，讓莎莎傻乎乎地打包了一堆花枝招展的衣服。

直到隔天一早，系上學姐一一敲門發下制服T恤時，莎莎才大聲嘆氣。

※※

經過讓人昏昏欲睡的早晨巴士旅程、翻山越嶺過後，英文系大一生總算在九點抵達目的地。

大家睡眼惺忪地下了車，眼尖的女孩們已經在物色從另幾台遊覽車走下的光電系男生。

不過，莘兒倒是先看到光電系有幾個美麗清秀的大一女生。

「啊！她們就跟我們英文系的少數幾個男生一樣，好稀有喔！」莘兒知道自己外表不出色，一大早就被挖起來，雙眼紅腫，也沒戴隱形眼鏡，但當她被三、四十個男生盯著臉打量，還是多少會有些在意。

「接下來要宣布分組囉！請大家打開手邊剛拿到的神祕銀色信封。」高個子的執行長拿著大聲公宣布道。

莘兒將自己的卡片打開，名單上全是些陌生的名字，就連同班的幾個名字，莘兒也完全不熟。

「ANDREW、莉莉、葦琳，這些人我都只在英文必修課中看過……」莘兒不禁有些不安。所幸，ANDREW是個陽光爽朗的天然呆男生，莉莉個性也偏向害羞內向，葦琳的外表則跟莘兒一樣，是樸素的短髮女孩。大家做了幾句自我介紹，很快就熟悉了。

倒是光電系分過來的同隊男孩，雖然臉都長得不錯，有白皙斯文的眼鏡小哥，也有黝黑帥氣的運動型男孩。但他們大都非常沉默寡言，甚至給人臭臉難相處的感覺。

「一定是緊張啦！說不定他們是男校出身，沒什麼機會跟女生近距離相處。」ANDREW拍拍莘兒的肩膀。

他們下車的地點是三、四棟木屋民宿前方的停車場，巴士司機紛紛去停車，隊輔們則幫忙找齊各自的隊員，一時間場面有些混亂。

所幸，莘兒這組的兩位隊輔十分親切，總是掛著微笑。

「嗨！我是珊迪，這位光電系的男生叫阿努，我大二、他大三。」綁著棕色馬尾的珊迪學姐皮膚白、笑容甜，全身散發出天使的光芒。

一旁的阿努學長，則是剪了一頭有設計感的陽剛短髮，皮膚呈現淡淡的小麥色，眉宇間充滿一股運動健將的正氣。

「大家放輕鬆，雖然我這兩天會逼你們玩很多遊戲，但那都是爲了要增進感情啦！其實我去年也像你們一樣覺得很莫名其妙，但能這麼瘋狂玩各種遊戲的日子，其實也只有這兩天而已，大家要好好把握。看到喜歡的人一定要跟我說啊！學長會替你們做主！」

大家哈哈大笑，在玩過一些自我介紹的小遊戲之後，隔壁第三小隊的學長姐笑嘻嘻地跑了過來。

「我們可以跟妳們一起併組玩嗎？大家熟悉一下。」

「哎唷！我要跟我家PARTNER討論一下！」

珊迪轉過身，對阿努眨了眨眼，雙方十分有默契地答應了。莘兒也透過併組活動，認識了隔壁小隊許多有趣的人——看似宅男卻十分博學搞笑的撲克，以及很有大姐頭氣勢的小碧。看著大家都這麼有自己的特色，甚至頻頻出現在同對組員的話題中，莘兒感到很羨慕。

「我好像沒有什麼特色啊！既不有趣，也沒有很會玩遊戲……」莘兒這才後悔，自己前一個月根本沒好好與班上同學相處，導致許多同系、同班的耀眼人士都完全不認識自己。

「還好，真的有乖乖聽凱藍學長的話來參加，不然爲了省那一、兩千的報名費，枉送掉認識朋友的機會，讓自己被排擠在外，真的太不值得了！」

午餐時間，小隊員一有空就紛紛逼問珊迪是不是喜歡阿努，而阿努靦腆的模樣也讓隊上的英文系女隊員很著迷。

「哎唷！阿努有女朋友了啦！」珊迪急著替阿努回答。「而且他女友還是學校風雲人物耶！」

「欸！不要講啦……」原本活潑的阿努，一談到私事就害羞起來，連忙慌張地擺著手。「真的不可以講！」

「講啦！」小隊員紛紛起鬨，莘兒覺得此刻的阿努真是帥翻了。

「一定是爲了給女方留一點隱私，所以才堅決不說。第一次看到阿努學長這麼著急拚命的樣子。」莘兒默默想著。

陪隊員們玩遊戲時，阿努總是又扶又牽，深怕隊上的組員跌倒，重物也絕不讓珊迪拿，這種充滿騎士精神的態度，讓莘兒欣賞在心。

隨著活動的進行，不管是負責設計策劃活動的「活動組」，還是負責飲食起居、器材架設的幕後工作人員「生器組」，裡頭總是充滿漂亮、有魅力的學姐；學長也十分帥氣有活力，看著他們又嗨又瘋的模樣，個性害羞的莘兒與莉莉也努力奮起，爲第二小隊拿了不少分數。

「我是活動組的巧比學姐，接下來的遊戲叫『強心針』！每組要派出四個人質，其他人就負責透過遊戲的方式把人質救回！最快救回所有人質的隊伍，就贏了！但也不要以爲當人質就很輕鬆喔！人質在監獄中要玩積木抽抽樂贏點數，點數越多，越能幫忙扣除營救秒數！最後，我們會以計算後的總秒數來排名！」

望著偌大的湖濱廣場，已經被用各種顏色的線繩圈出「救援跑道」與「人質區」，因為自知腿力不夠快，莘兒就率先舉手要當人質。

「哇！好棒！妳好勇敢！」正在苦惱著萬一沒人要當人質怎麼辦的阿努，眼睛亮了起來，幾句隨口的誇讚讓莘兒很開心。

在活動組的學長姐演完跟劇情相關的小短劇之後，其餘的人質也召集完畢，前往被繩索圈起的人質區。每個人質區都有張小桌子，上頭擺著疊好的積木，若是抽出來其中一塊，其餘積木沒倒，就可以得分。

不過，最穩當的積木都被關主抽光了，莘兒索性找其他看起來仍舊穩當的積木下手。相較於其他組員怕積木倒光，花了很多時慢慢推、慢慢抽，莘兒則是看準就下手，一口氣就抽出許多積木，並維持主架構不傾倒，膽大心細的舉動讓阿努與其他組員都看傻了眼。

對面的隊輔珊迪則是鼓勵著那群前來營救人質的隊員，一旁的阿努也不斷替莘兒打氣：「天啊！妳好穩喔！莘兒！秒數就靠妳了！」

很少在短短時間之內，被如此有魅力的男孩誇獎成這樣，莘兒耳根都紅了。但她故做鎮定，依舊臉不紅氣不喘地自願當最後一位人質，趁機爭取不少時間。

「總秒數出來了！哇！冠軍是第二小隊，整整領先亞軍二十秒啊！」主持人巧比學姐激動地宣布道。

「萬歲！」阿努激動地朝莘兒跑了過來，伸手和她擊掌，一旁的小隊員也簇擁而上。

「唉呀！我們隊的莘兒真的超強的！」珊迪學姐指著莘兒。巧比立刻拿著麥克風走來。

「聽說第二小隊之所以得冠軍，主要是他們有個很強的人質，超會玩積木抽抽樂！一直到最後，積木都沒倒過！」巧比立刻將整營隊的焦點帶到莘兒身邊。

「來，妳是莘兒對吧?英文名字叫Zin，要跟大家說幾句話嗎?」

莘兒暈陶陶，一時間將近一百雙眼睛都注視著自己，以往的她，大概會推開麥克風，縮回隊上。但望著身旁阿努鼓勵的神情，莘兒竟不知不覺地接過巧比學姐遞來的麥克風。

阿努低聲地湊到莘兒耳畔。「沒關係喔！放輕鬆講幾句話就好，我會幫妳接！」

「嗯！」莘兒鼓起勇氣，往前踏了一步。「大家好，我是英文一的莘兒，『莘』是草字頭加上辛苦的辛。抱歉因為我前兩個月都在忙著打工，比較少機會跟同系的人相處，這次能來參加營隊超開心的！」

「哇！學妹真大方！」巧比拍了拍莘兒的肩。「妳長得好可愛喔！有男朋友嗎？」

「沒有。」莘兒老實回答。「沒有交過。」

「加油喔！」巧比熱情地注視著莘兒的眼睛。雖然莘兒不覺得這種事有什麼好加油的。當話題開始尷尬時，阿努接過麥克風。

「欸！請大家多多照顧我們莘兒喔！她根本超沉穩的，我第一次看到有人可以把積木抽抽樂玩得這麼好，不要看她外表很文靜，其實膽子很大，超帥的！」

阿努帶頭鼓掌，讓莘兒暖洋洋的。

當阿努彎起那對好看的眉毛，純真又溫柔地微笑時，其他人的鼓掌聲，莘兒幾乎也聽不見了。

03. 我心眠於十一月

期中考來臨，大家都嚴陣以待，不需考試的科目也放了溫書假。而迎新宿營結束之後，莘兒對阿努的陽光體貼、珊迪的開朗聰慧都很念念不忘，雖然也曾與光電系的大一男生們集體約出去吃了個飯，但隨著時間與彼此的課表作息不同，當初的那份亢奮與激情也逐漸淡去。

大二的課程與大一也很不同，珊迪學姐或許還在文學院見過幾次，阿努則是再也沒見過了。

雖然知道阿努有個人氣很高的女友，但莘兒對阿努的情感只是憧憬、好奇居多，並沒有認真地考慮過要將阿努當作自己的戀愛對象。

凱藍也一直都很忙，每次見到他，總與不同的漂亮女孩在一起有說有笑，大概學長對學妹總是如此吧！莘兒雖然失落，卻也數著日子，維持著打工、念書的步調，迎向期中考。

大部分的考試科目都是從平常的上課筆記裡出題，莘兒雖然偶爾會累得打瞌睡，但筆記內容算是很完整，只需要把自己較爲不熟的文學故事記好就行了。家教方面，莘兒則不敢提出停課的要求，想堅持把手上的老主顧做好。也因此，每天回家都累得要命，還得溫書，好像回到高三生活一樣。

「我們還算好命了。」這天和室友凱瑟琳聊天時，與許多外系男生都有往來的凱瑟琳說道：「理工科的男生一堆工程數學、物理，還有大一必修課、通識課，光想到我都頭痛。」

莘兒選的通識課都只要簡單報告就可以了，因此並沒有在其他方面吃太多苦頭。考試時，一看到題目發下，莘兒就知道自己安全了，洋洋灑灑把印滿藍線的考試卷寫滿，雖然有幾科結尾來不及好好整理，成績應該也不至於太危險。

「還好，期中考的科目很少安排在同一天，每考完一科，肩膀的擔子就輕鬆了一點。」考試過後，莘兒花了兩小時的車程，回家探望母親。

患有多重慢性病的母親，身體仍不太好，偶爾在熟人的店裡幫忙，約有十多坪大的家裡也總是舊舊髒髒的，但母親還是擺出一桌好菜歡迎她。

「莘兒，又瘦了啊！多吃點！」

「媽媽，不用特地花這麼多錢去買這些大魚大肉啦！又不是辦桌！」莘兒一開始嘴上總會這麼說，但她聽到弟弟妹妹轉述才發現，平常母親根本捨不得吃好料。也許，唯有每隔兩週的返家晚餐，才能讓母親有機會嘗嘗像樣的食物。

光想到這裡，莘兒也不一味阻止母親買魚買肉了。

「學校怎麼樣？期中考還順利嗎？從以前妳對念書就很有天份，都不用我特地教……心力都花在弟弟妹妹身上了。」

莘兒的弟弟妹妹都還在念高中，一個念國立的升學高中、一個念私立高職，都是需要支付學費及生活開銷。他們還小，寒暑假雖會自主打工，但賺的錢若不夠繳學費，就得由莘兒與母親共同來分擔。

也因此，莘兒除了自己的學費、生活費要張羅之外，更要考慮到往後兩、三年家人的學費。

之前一想到這件事，莘兒就感覺眼前一片黑。但自從上了大學，接觸到不同的人群、學習到自己一直嚮往的知識之後，莘兒覺得賺錢這件事也沒那麼辛苦了。

「跟以前我高中又要念書、又要工讀的黑暗時刻相比，現在上大學總有種眼前一亮的感覺……至少不用每天困在這個破落的家賺錢、存錢……」

外出讀書之後，原本很容易與母親起爭執的莘兒，也漸漸體會到「距離就是美」，以前母親一開口總是責備她家事沒做好、工讀賺太少，現在呢？則是盼著她回家。

開學後，莘兒還是會每隔兩週就擠出一點時間回家，每隔兩、三天也會打電話與母親聊天，可惜母親不像其他時髦的媽媽一樣會使用SKYPE、LINE，經常抱怨看不見莘兒的面。

「唉！我如果再有錢一點，就買台平板給媽媽，她眼睛不好，智慧型手機可能對她來說還是太小了。」

光是自己賺錢還不夠，還想給眼前這個日漸蠟黃消瘦的母親更好的生活。莘兒每次回家雖然感覺多少充了點電，心底的壓力卻沒有少過。

這天，她發現家裡的微波爐壞了、烤箱也故障了，弟弟妹妹也因此經常來不及在家裡吃早餐，中午也只能買外面貴得要死的便當。

「媽媽……我現在有一小筆錢，但只能支付微波爐和烤箱其中一種，妳覺得哪一個比較急呢？」

「嗯……其實兩者都有當然是最好。」母親特地望了莘兒一眼，苦笑道：「這樣做菜一下子就好了，不用挪來挪去，有時候時間很趕，你弟弟妹妹就不想在家裡吃了。他們現在是高中生，老是吃外食也很花錢，又顧不好身體。但是……妳手邊又沒有這麼多錢，妳打工也很辛苦啊……如果媽媽能多賺一點就好，可是最近我腎臟不好又一直頻尿，不能久站……」

莘兒習慣這樣的對話了，母親總是「夭鬼假細膩」，明明很想要的東西卻說得很客氣，一開始會拒絕、也看似會考量到莘兒的立場，但最後的結論，其實是回到原點的。

「我知道了，這個月先買微波爐，下個月再買烤箱。」莘兒忍耐著胃底的寒氣，微笑道。

她胃底發寒的原因，是因爲原本想給自己買一件羽絨大衣、添購冬被的預算已經在方才的對話中消失了。

現在念的大學位於山腰上，冬季又濕又冷，十月底莘兒已經感冒兩次了。

「那……我明天就把錢轉帳給妳喔！」莘兒知道，自己再怎麼委屈，也比不上弟弟妹妹與媽媽三人生活上的不便。

「錢的確是該花的。反正，再賺就有了。」

回程往學校時正值週六夜晚，莘兒發現大批男女互載，騎著機車往市區衝，跟要回校的她反方向前進。

公車臨時靠站，幾個男女走了上來。女孩們多半已經穿上入時的冬季大衣，男生們也穿著厚實溫暖的運動外套或者羽絨衣。反觀自己，身上只能套上夏季的連帽外套來禦寒，一件不夠，還得再套一件。

再怎麼說也是女孩子愛比較外貌的年紀。不用說這些與她擦身而過的路人了，每天看到自己系上那群花枝招展，簡直在開時裝秀般的女同學們，莘兒自己也覺得汗顏。

莘兒低頭按著手機中的計算機軟體，這個動作幾乎每天都要反覆做上幾次，確定下個月不會餓死、下學期的學費金額也有繼續存到，莘兒才能稍稍安心。

「這麼暗的公車裡還用手機，眼睛會不舒服喔！」一個男孩的聲音傳過來。

「阿努學長！」莘兒不敢相信自己的眼睛，她沒想到，竟會在返校公車上，遇到一個月前還朝思暮想的憧憬對象。

「哎唷！叫我阿努就好。」阿努的皮膚變白了些，戴著黑色針織帽的他將髮絲往帽內乾淨地收起，看起來就像美國的偶像男歌手般時髦帥氣。他的笑容依舊和煦溫暖，還是以前那個關心莘兒的小隊輔。

莘兒有點迷失在阿努正直友善的眼神中，差點忘了微笑。

「好久不見了耶！想不到在這裡遇到妳。我常常在學校餐廳看到英文系的其他女生，珊迪、莉莉都很常碰見，就是唯獨沒看過妳。」

「因為我都在宿舍廚房料理自己的三餐，很少去學校餐廳吃……」莘兒有些不好意思地解釋，深怕自己萬一說得太多，會流露出一股窮酸味。

「哇！妳都自己煮啊！真有毅力！」阿努驚訝地點頭稱讚道：「我以前也試著用電鍋煮飯來減肥，不過，沒到一個星期就破功了，照樣吃麥當勞！」

莘兒遮起嘴笑著。

「不過，你哪需要減肥！」

「先前大一的時候，我是個小胖子喔！聯誼的時候，我對面永遠是空位，其他女生都跑去坐我同學那裡了！」阿努苦笑道。「哎呀！往事莫再提。」

沒想到阿努會有這麼幽默的一面，在先前營隊中，莘兒多半感覺到他認真的一面，很少看到阿努開玩笑時充滿神采的表情。

原本無聊又昏昏欲睡的返校公車旅程，也因此變成了幸福的時光。莘兒覺得公車裡的氣氛都甜了起來，一連過了好幾個站都毫無感覺。

恰巧莘兒身旁的座位空了，阿努也自然地坐到她身旁。

莘兒連忙下意識地往旁邊挪了一下，緊張地撥弄髮絲。

「妳這個禮拜沒回家嗎？」

「剛從家裡回來，我昨天考完，睡個午覺之後就回去了。」

「怎麼不在家裡待久一點？明天有事？」阿努問。

「嗯……」忽然間被問了個難以啓齒的問題，莘兒想了一下。「我要兼家教，因爲最近家裡開銷較大，想說加班一下。」

「真的啊……」阿努點點頭。「啊！正好，我有個同學他也是本地人，他的妹妹需要英文家教喔！好像是要考多益吧！聽、說、讀、寫都很不行，爸媽希望找個好家教，如果是英文系的，就再好不過了！」

莘兒一聽眼睛都亮了，畢竟這是求之不得的機會。

阿努看她有興趣，紳士地繼續說下去。「先來說時薪好了，一千元，因爲妹妹程度好像不太好，希望至少能幫她考上多益的七百分……不過這可能要很有耐心的老師，最好年紀也不要差太多，爸媽也說不想要男生家教……我想妳也許可以試試看喔！」

「我這個暑假剛考過多益，可以幫得上忙。」莘兒激動地想抱住阿努，不只因爲他是個溫柔的帥氣學長，更是此刻的救命恩人。

「那我現在就把我同學的電話給妳，啊……不，現在我就幫妳打給他說明一下。」

原本內向的莘兒，看到阿努這麼體貼地爲自己著想，感動得渾身發熱。

阿努短短幾句話很快就幫莘兒敲定後天的試教，讓莘兒既緊張又興奮。阿努的雙眸中彷彿有一叢叢燦爛耀眼的火花在燃燒著，簡直替她指引了一條通往希望的道路。

莘兒決定抓緊機會，拉近雙方的距離。「學長，如果這件事成了，請讓我請你吃飯吧！」

「哎呀！這麼客氣！我才要謝謝你幫我同學一個大忙呢！因爲多益的課程並不好教，聽說找了好幾個家教都放棄了。」阿努貼心地拍了拍莘兒的肩。「不過，妳也別太勉強喔！如果真的覺得無法負荷，就別太累吧！畢竟大一是該好好玩的時候，不一定要那麼辛苦。」

莘兒明白阿努的用意，但她根本不把辛苦放在眼裡，腦內只想著媽媽要的新電器，這下子全都有著落了。

接下來有一小段時間，阿努都沉默地望著窗景。眼看公車快到校了，莘兒很希望能再跟阿努多說幾句……

哪怕多跟他接觸一分鐘也好，自己一定會充滿能量。這種渾身散發出氣力、煥然一新的感覺，莘兒好久沒有感受過了。

「對了，莘兒，妳不冷嗎？是不是冬天的衣服還沒帶來宿舍啊？」阿努回過頭，面露擔憂。

的確，自己這種把兩件夏天外套疊著穿的怪咖舉動，在一片冬衣的人潮中顯得很詭異。

「是有一些外套，但是太大件，就送給妹妹了，我最近會去買新的！」莘兒說得彷彿自己真的有錢，能買上好幾件冬季外套似的。

「哦！這樣……妳真的是個好姐姐啊！我剛剛從市區回來，有看到不少店在促銷耶！也有女生的羽絨外套，我等等用臉書傳商店的粉絲專頁給妳。」阿努邊喃喃說著，邊拿出手機，點開臉書頁面。

莘兒感覺自己的心臟要跳出喉嚨了。

「妳的臉書帳號是……」

說真的，莘兒沒想到自己能這麼快就與阿努交換臉書，因為平常並沒有什麼值得貼上網表現的照片。每天只是忙著打工與讀書，莘兒的臉書帳號也只有貼一下新聞、音樂連結，或者她被標籤在內的友人照片，很少主動使用。因此，當其他同學紛紛加阿努與其他營隊中的帥氣學長爲好友時，莘兒只自覺形穢，什麼也做不了。

「先前凱藍加了我卻沒什麼後續發展，臉書也不是什麼交友神器，我這種裝熟行爲還是算了，又不是什麼大美女還一直主動加人，這樣應該會被討厭的吧？」莘兒也曾想著要不要換一張好看點的大頭貼，但手邊沒有數位相機，手機拍的照片也不怎麼樣，索性就只用一張花卉的照片，完全不起眼。

也因此，莘兒臉書上的異性社交，幾乎停滯。

直到今天，阿努用再自然不過的認真表情加了自己的臉書……

「莘兒，妳大頭貼這花，是什麼花啊？」

「嗯…是……三色堇。因爲我們家有三個小孩，所以從小我就覺得三色堇是最適合我們家的花。」

「好可愛的一家人。」阿努笑著點頭。

莘兒縮起肩膀，感覺耳根發燙到不行。

此時，公車也終於到站，人潮緩緩往前湧，但阿努仍不疾不徐地與莘兒聊天，一點也不急著下車。

將莘兒送到宿舍門口之後，阿努爽朗地揮著手，「再聯絡喔！要趕快去買衣服喔！」

「嗯！」莘兒點頭，寒風刮過臉龐，她這才發現自己的眼角已是感動的淚水。

她一再提醒著自己，阿努已經有女友，自己不可能成爲他的戀愛對象。但是，這種被關心、被關愛的感覺，就像在濕漉漉的雨天被溫柔乾爽的毛毯包起，如此讓人難忘，無法割捨……

「今天聽阿努學長的話去買了新外套！真的好溫暖！終於可以期待冬天的來臨了！」兩天後，家教試教大成功的莘兒，將自己穿著嶄新深藍色羽絨外套的照片，貼到臉書上。

她穿著羽絨外套，鑽進夏天的涼被中，依舊好暖和，整顆心也變得輕盈起來。

那一晚，莘兒睡得特別香、特別甜。

「真想在這種溫暖的夢境中，度過這個十一月……」

04. 寂寥與豐盛的十二月

佈置得溫馨舒服的湖水綠女孩房內，兩個女孩圍著高級的檜木書桌讀書。其中一個年紀約是高中生的青澀少女邊搖著筆桿、邊想試題，另一個清秀的短髮女孩則拿著紅筆批改題庫。

「嗯！聽力進步很多耶！」莘兒望著家教學生妮妮的眼睛，與有榮焉地微笑。「這樣的話，多益七百分應該沒問題了！原本妳就是比較容易在聽力被扣分，現在進步這麼大，考試時好好發揮，一定不會失分。」

莘兒客觀理性的教學手法與分析態度，讓妮妮也對自己漸漸有了信心。

「唉！太好了，看來十二月可以稍微放鬆一下了！」妮妮說。

「哦！妳是說怎麼樣放鬆呢？」莘兒好奇地問。

「莘兒姐真是傻耶！」妮妮拍手一笑。「當然是忙聖誕節和跨年啊！」

「哦……」以往的這幾個時間點，都是莘兒趁機賺取打工加班費的時候，年節向來與她無緣。不過，今年的她已很努力了，是否該讓自己有個喘息的機會。

「莘兒姐都是大學生了，活動應該很多吧？」妮妮嚮往地問著，雙眼發亮。「像聖誕舞會和跨年活動，一定會有的，對吧？沒有不去參加的道理吧？」

妮妮的幾個率直問句如機關槍般橫掃而來，莘兒忘了閃躲，反而被說動了。

「不過……我一個人哪可能參加？」

「咦？沒有朋友嗎？女孩子一起出去也很好啊！如果有談得來的男生，即使沒有想跟對方戀愛，也可以單純約出去玩啊！過年過節的嘛！不用這麼拘謹！」

妮妮老成的語氣，八成是從偶像劇中學來的，莘兒聽了，搖頭苦笑。

再怎麼樣，莘兒都無法想像自己去參加舞會，或跟朋友跨年的情景。光是衣服就不知道要穿什麼了，莘兒的服裝都是實穿休閒款，那些像樣的洋裝、可以搭配的靴子、髮飾，她是一件也沒有。

「不了，反正……也沒有人會邀請我。」

妮妮嚴肅地皺起眉，說道：「莘兒姐……妳雖然能力很強，但整個人好……乏味。」

莘兒愣住了，妮妮不是愛亂說話的孩子，反而是直率善良的人。因此，莘兒有種被戳中心口的感覺，除了驚訝之外，並不感覺憤怒。

「其實，打從我進大學，除了參加一次迎新宿營及朋友慶生之外，就是讀書打工、打工讀書，其餘時間……就回家報平安，以及睡覺。」

「這就是原因呀！」妮妮拍了拍莘兒的肩。「妳的生活圈真的太小了。而且，生活的重心只有打工和讀書，這樣本來就很難遇到什麼好玩的事啊！」

「是喔……」莘兒看了看牆上的時鐘。「唉！妮妮，妳又來了，我們說好上課時間不可以閒聊的！趕快繼續做題目，妳只剩下十分鐘完成閱讀測驗了！」

「可惡，妳好討厭喔！」妮妮嘴上罵著，隨後卻與莘兒相視而笑。

這是莘兒典型的夜晚，陪著家教學生做功課，對方忙碌時，莘兒自己也沒閒著。批改考卷、借用學生的桌電上網抓文章、做翻譯大綱、找新聞時事等，也成了她的工作內容。當然，其他課業上遇到需要求救的問題，莘兒也當仁不讓。

離開前，妮妮的爸媽特地留莘兒吃宵夜，原來方才他們特地訂了披薩。原本想客套地趕快道別，但三餐只吃簡單飲食的莘兒，早已飢腸轆轆了。

披薩的濃郁起司味，聞起來就像夢中燦爛陽光的味道，讓人失去理智。

「那，我就不客氣了喔！」

「當然，歡迎妳不客氣，哈哈！」妮妮爸親切地拉了椅子，四人在客廳桌邊坐下。妮妮家雖然只是小康，但環境佈置、擺設都比莘兒家那棟髒亂陰暗的鐵皮屋租屋處好，就連沙發坐起來的感覺也特別舒適！

莘兒感覺一身輕，放鬆感從腰椎往大腦蔓延。

「唉！希望妮妮的英文也能像莘兒這麼好！」妮妮媽繼續誇著莘兒。

「不遠了，依照莘兒這樣努力，妮妮一定會越來越進步。先前其他家教老師都說她停滯期很長，需要莘兒這種有耐心又有撇步的老師！」妮妮爸笑道，又將另一盒披薩推了過來。「再來幾片吧！這個重乳酪海鮮口味也很棒喔！」

每當遇到這種溫暖的家教家庭，莘兒總會有種回到家的錯覺。當然，她很想念媽媽與弟弟妹妹，假日也總想著要回去探望，但唯有把自己的休閒時間都塡上工作，才能真正給媽媽與弟弟妹妹經濟上的幸福……

「莘兒這麼會教書，以後可以考慮去當老師啊！」妮妮媽說。

「哦……那個要修教育學分，這樣的話我打工時間就會不夠了……搞不好還要延畢。」莘兒對於自己的大學生涯已經有清楚地規劃，就是儘快在四年內畢業、早點出社會賺錢。

「莘兒這樣想也沒什麼不好，現在去補習班也一樣能當老師啊！妳這樣的人才，去坊間補習班一定會變成名師的！」妮妮媽媽慈藹地分析道。

關於自己未來的職業，莘兒總是缺乏想像。只要不是再回服務業打工或者領底薪就好，莘兒雖然對於補習班的老師有不好的經驗，認爲他們多半受限於唯利是圖的高層。但聽到自己在某種職業的可能性上被肯定，她仍感覺好暖和、好有自信。

「謝謝妳們，每次都一直鼓勵我。」

「唉呀！三八，這有什麼好謝的！」妮妮媽望著妮妮爸。

「是啊！我們只是說實話而已！莘兒，妳吃太少了！又越來越瘦，不然以後我們常常留妳下來吃宵夜好了！哈哈哈！」

「對啊！把她餵胖一點！這樣我也順便有宵夜吃！」妮妮哈哈大笑。

愉快的夜晚就這樣結束了，莘兒拖著疲憊的身體返校。每到這時已是晚上十一點多，公車上往往也沒什麼人，但因此車廂內很安靜，三十分鐘的車程也夠莘兒好好補眠了。

就在朦朧睡意之中，一對男女手牽手上了公車。

「到哪裡？」司機問。情侶們回答跟莘兒一樣的學校。

「都是你，不買車，每次都要這樣搭來搭去，等得要死！剛剛等到手都冷了啦！」女孩尖銳又撒嬌的數落聲，讓莘兒睜開眼。

「好啦！不要嫌棄搭公車啦！對司機很失禮耶！人家也是工作到這麼晚，沒有虧待我們啊！手我幫妳溫熱！」男孩先是理性勸說，隨後轉用甜甜的聲音安撫女孩的情緒，雙手也輕柔地揉了揉女孩凍僵的手掌。莘兒有些羨慕地抬起原本垂降的視線，男孩的臉孔看不太清楚，但聲音聽起來有些耳熟……

女孩將手抽了回來。「沒用啦！哼！反正明年就要畢業了，我爸說最近要買一台車給我通勤用，你也可以開啊！」

「不要啦！我開車很可怕的……」

半睡半醒之際，莘兒總算認出聲音的主人是誰。

「來，先坐下啦！等等回校之後去美食街買杯飲料就暖和了。」阿努將穿著高跟鞋、走得搖搖晃晃的女伴牽回座位。

今天的阿努也戴著上次與莘兒見面時的美式黑色毛帽，時髦簡約的外型帥氣依舊。而身旁那個與阿努親暱不已的嬌嗔女孩，大概就是傳說中的校園名人女友了。她長得非常美麗，比莘兒同班的英文系女孩都多了幾分華麗的氣勢，閃亮的深棕捲髮彷彿閃耀著蜂蜜的光澤，就像莘兒曾嚮往的網拍模特兒一樣又瘦又白。

雖然個子比莘兒高上十公分，她半倒在阿努懷中坐下的模樣，楚楚可憐。

「沒事嗎？就跟妳說吃個飯而已，沒必要穿高跟鞋。」阿努只唸了一句，就伸手將女友的高跟鞋脫下，讓她將赤裸的腳掌放到自己腿上。

「欸！你考慮一下買車的事情，反正我爸爸出錢啊！車子是送我又不是送你，只是准許你開而已，哈哈！不要有壓力。」

阿努沉默著，不知道是不想回答，或者仍在思考。

原本總是直爽笑著的俊朗臉龐，竟顯得陰霾重重。

「第一次看到這樣的阿努學長……」莘兒有些心疼。雖然不知道阿努此刻的心情是什麼，但莘兒也興起了不去打斷他的念頭。

不過，爲了女友買不買車而陷入深思，這種煩惱是不是太過奢侈了呢？莘兒摸了摸吃披薩而撐得飽飽的肚子，自己只要有頓豐盛的宵夜，就覺得天降糖果了。

雖然莘兒不願打擾阿努與女友，卻也難掩好奇的心情偷偷觀望他們。原來這就是所謂的人生勝利組嗎？他們同樣都擁有姣好的外貌，也是校園中的風雲人物，煩惱竟然是買不買車、開不開車這種事……

公車到站了，原本車上就只有寥寥幾人，這下子全都得往前走，莘兒要不被阿努發覺實在太難了。

「我最後再下車好了……反正阿努忙著照顧他女友，應該不會注意到我吧！」莘兒今天穿得也不怎樣，即使撥了撥睡亂的頭髮，外表還是很不起眼，實在不希望自己在他女友面前顯得更卑微……但心底某個角落，莘兒又希望能堂堂正正地笑著，與好久不見的阿努四目相視……

就算只是被那樣的眼睛注視幾秒，也好。

「終點站喔！」司機用有些睡意的聲音提醒著乘客，莘兒不甘願地往前挪動。

「莘兒？」阿努終究是回過頭注意到了她。

「學長！」莘兒只好故作驚喜地笑著回應。

「嗨！沒想到又在公車上遇到了！」阿努臉上充滿真誠的喜悅，一旁的女友也回過頭望著莘兒，甜甜一笑。

「對啊！我剛剛去當家教。」莘兒回答。

「哦！聽我同學說，他妹妹很喜歡妳耶！當初找妳幫忙果真是找對的！」阿努將女友邊牽下公車的階梯，邊回頭繼續與莘兒說話。「啊！對了，這是我女友雅禧。雅禧，這是莘兒，我帶過迎新宿營的英文系學妹。」

「哦哦！有聽過！」雅禧認真地望著莘兒的眼睛，禮貌地燦爛一笑。

「不知道阿努說了我什麼……原來他提過我啊！」莘兒連忙將這個念頭拋到一旁，也對雅禧微笑。

原本想說些什麼，腦筋卻如混亂的線團般纏在一起。莘兒望著雅禧，只覺得她渾身都散發出美豔的光芒，笑容又是如此善良可人。

「真是天造地設的一對……」莘兒忘了自己是怎麼跟阿努與雅禧說再見的，

大概只是點了個頭、笑了一下，等她回過神時，自己已經揮手道別，下意識轉身朝女生宿舍的方向走去了。

「唉……我真是蠢。」莘兒滿腹懊悔，在這種優秀又亮麗的學長姐面前，自己大概只是個彆扭的小屁孩而已，連話都不會說。

當天，莘兒失眠了。一直到凌晨四點，翻來覆去就是睡不著，或許是認清了自己終究比不上雅禧，不甘心又沮喪的心情像是困在網中的魚，久久擺脫不開。

就在莘兒覺得自己快溺斃在宿舍床上時，下舖的室友，凱瑟琳起身了。剛換深髮色、表情經常高傲漠然的凱瑟琳，是班上難搞的「白富美」一族。此時只見她重重地嘆了口氣，就抓起手機悄悄溜了出去。

「是我吵到她了嗎……」懷著抱歉的心情，莘兒連忙也爬下床。

「抱歉……凱瑟琳。」莘兒走出寢室，對走廊上的凱瑟琳道歉。

「幹嘛？妳怎麼了嗎？」凱瑟琳酷酷地一笑。「我是出來用手機，順便上公用洗手間啦！」

「哦哦……我以爲是我翻身吵到妳。」

「妳那麼小一隻，哪吵得到我。」凱瑟琳皺眉回答，指著走廊的公用燈光。

「而且，我也要出來聊LINE，這樣比較不會傷眼睛。」

莘兒訝異道：「這麼晚了還聊LINE啊？」

「半夜才是最能培養曖昧感情的時候啊！」凱瑟琳一臉嫌棄莘兒幼稚的模樣，不耐煩地解釋道：「最近要約一個男生跟我去學校的聖誕舞會，當然得積極點……」

「哦……」莘兒不知如何回應，只覺得凱瑟琳真是瀟灑又主動。

「妳呢？別跟我說妳不去聖誕舞會喔！好好過聖誕，也是英文系體會歐美文化很重要的事情！先前的萬聖節變裝派對、感恩節典禮，妳全部都以打工爲理由沒出席，但是聖誕舞會不參加，妳還是個大一生嗎？」

忽然間被凱瑟琳用這種關心的語氣指責了一番，讓莘兒忽然想起稍早時，家教學生妮妮說的話。

「我……我沒有不參加啊！我也是想找個男伴一起去的！」莘兒逞強地說。

「找誰？」凱瑟琳反問。

「祕密。」

莘兒知道自己台階難下了，就說了聲「不打擾妳聊 LINE 了，我先進房」。反正睡意早已全消，莘兒坐到桌電前，隨意瀏覽著臉書。

「哇！這種時間，還這麼多人在線上啊！」望著自己從沒好好關心的「臉書好友」們，莘兒這才體會到，原來網路上的夜生活，也是交際的重要關鍵。

「怎麼還沒睡？」立刻有男孩發現了莘兒還在線上，是迎宿時同小隊，也同班的英文系男孩 ANDREW。

ANDREW 是個體態稍微圓潤高大的白皙男孩，綽號是小白鯨。擁有純真眼神的他，從小出生在音樂世家，和班上的女孩都很要好，女生們甚至為 ANDREW 創了一個校內的粉絲團——「會拉小提琴的小白鯨：英文系ANDREW」，來調侃他。但所謂一個願打、一個願挨，ANDREW 也甘之如飴，短時間內成爲了最有人氣的校園新鮮人，隨和、擅長傾聽的他，更是班上女孩的戀愛諮詢對象。

從失眠的困擾開始聊起，莘兒雖然隱瞞了自己失眠的真正原因，卻也誤打誤撞地提到最近的煩惱。

「我要去聖誕舞會，但沒有男伴。」

「因爲妳比較不像班上其他女生一樣，積極地參與聯誼和出去玩吧！莘兒都在打工，不然就是讀書。這也沒關係啊！誰說要男伴才能進舞會！只要有朋友一起去就好了吧！」ANDREW 客觀中性的口吻，不但沒有任何貶低莘兒的意思，反而讓莘兒體會到他的溫柔魅力。

「最近光電系大一那邊有一群豬哥，一直叫我幫他們介紹英文系女生去舞會……我說這有什麼好介紹的，就當天大家約一約直接去就好了啊！幹麼搞得這麼複雜！」雖然 ANDREW 遠在螢幕另一端，但莘兒彷彿可以看到他此刻的不屑神情，逗得她一時肩頭輕鬆多了，只想哈哈大笑。

ANDREW 還說了一連串好笑的話，深夜電腦前的莘兒猛力壓住嘴巴，才沒笑出聲，吵醒室友。

「總之，莘兒，妳當天就跟我們一起入場就好了！大家都是一群朋友，沒什麼必要搞男伴女伴啦！又不是『我愛紅娘』，一定要湊個對！」

「明明就有『王子的約會』這種比較新的例子，你怎麼舉了個九零年代的『我愛紅娘』啦！」莘兒回道。

「誰叫我老靈魂！沒辦法！我就是只記得住『我愛紅娘』啊！」ANDREW 打字道。

窗外，黎明將至。幾回合的對話之後，莘兒發現自己從沒看過 ANDREW 私底下體貼又幽默的一面。ANDREW 也與莘兒交換了不少最近的心事，不知不覺，睡意漸漸襲來，莘兒卻感覺渾身暖洋洋的，很是舒暢。

而聖誕舞會的問題，也理所當然地解決了。

莘兒想辦法擠出三百元，去買了件粉色系的格紋裙，又穿上三百九的桃紅圓點平底娃娃鞋，當天拿出所有的自信，出席了聖誕舞會。

「原來大家不會一直注意我穿得好不好……」當莘兒歡樂地與ANDREW、幾個光電系的大一男女在舞池亂跳一通時，她這才發現，許多事情，真的是自己多想了。

「這種快樂，果然需要自己爭取……倘若我又是靜靜地一個人享受寂寥，或許就不會體會到今年的聖誕節可以是這麼棒了！」莘兒想著。

05.

總得許個心願的一月

過完了新年，校區從去年年底就佈置好的聖誕燈泡，還是掛了滿街，樹叢、橋畔、景觀牆上仍滿滿都是。台灣人多把將聖誕節當作冬天氣氛的整體營造，不爲宗教，只求追尋一個幸福氛圍，在充滿燈泡光暈的校園夜景中穿梭，也彷彿能驅散冬夜的寂寥。

阿努隻身騎著腳踏車，穿過夜色。他掛著耳麥，朝美食街的方向騎去，一雙長腿不斷往前邁，踏著空氣，也踩著心底所有的不愉快。

寒假即將到來，忙著準備大三的期末考，阿努擠出時間讀書，卻不像多數只掃門前雪的忙碌大三生一樣，遠離大二生積極投入的社團活動。由於逼近大四前夕，想升學的人多半會積極地物色補習班、調查研究所狀況，更會開始補習。

考語言與各種就業執照的大三生也早已開始準備，自然而然地營造出一重重忙碌的牆，拒人於千里之外。不少大一與大二的學弟妹，自然會覺得學長姐消失、神隱，也認爲他們在閉關讀書、不宜打擾，但其實此刻的大三生雖表現出又忙又焦慮的一面，生活步調卻還是稍嫌懶散的。

但阿努不同，此刻的他雖然不打算升學，卻也因爲身旁的同級生都各忙各的，而顯得有些落寞。原本同班的同學變得難約了，校內課程、各自的課後生活圈越來越遠，許多原本笑著並肩談天的對象，已經很少能見得到面。

從大一到大三，阿努始終沒退到社團與營隊的幕後，依舊是大家愛戴的好學長、好幫手。他也從學弟妹身上獲得很多能量。

但除此之外，阿努在校園生活中最大的期盼，已經不復存在了。雖然曾經擔任過系上高級實驗室的助理，也被多位教授認爲是可以升學甚至出國進修的人才，但阿努的未來道路只有一條。

畢業後，繼承家業。

「好的，學弟，那就麻煩你了，寒假營隊我每天都會在，有什麼雜事需要幫忙的，想到都可以打給我。再不把流程排出來，就太晚了。另外，招生還順利嗎……還有三天就截止了，人數還可以嗎？」

阿努利用一趟短短的自行車車程，就把自己積壓了一週的社團工作進度給完成。當然，學弟妹已經不敢排定任何營隊職位給這麼一位勞苦功高的學長，卻有大大小小各種庶務問題想請教。

每當聽到學弟妹真誠的一句「謝謝」，阿努就覺得自己在校園中終究還是留下了一些足跡。有沒有被記住不重要，阿努只想確定每個與他共事過、相處過的學弟妹，都能開開心心地留下對每場活動的美好回憶。

身兼系學會IT顧問、義工團體「慈愛社」的前任社長、系上籃球隊的中流砥柱，阿努的大三生活是充實的。但這樣的日子，若是持續到大四，恐怕難免起人疑竇，讓人誤會學長除了忙升學和就業之外，完全沒事做，是可供使喚的閒人。

阿努先前就認識過這樣一位熱心的學長，到了大四畢業前夕還在替大一學生辦舞會，卻被流言傳成是「想對學妹下手」、「老牛吃嫩草」、「倚老賣老」，最後連臉書都被眾多同社團的學弟封鎖。

太過熱心，就像雙面刃，雖會被感謝，但也可能因此被討厭。更重要的是白費青春，卻在學弟妹眼中留了個爛印象。

這絕對是阿努的惡夢。

大學中的年級制度牽動著人的情緒成長，是非常纖細且微妙的。大一有自己的定位要探索，大二有獨具的使命得一一執行，大三有自己的未來要關注，大四則是對社會、學校、原生家庭有所交待的時候。在這個高學歷的年代，不論是普普通通地就業，或考上研究所，都似乎不足夠，這也是大三開始就會罹患的集體焦慮。

「我很幸福了，我至少不用擔心以後自己要做什麼工作，只要回家跟著爸爸從頭學就好。」阿努停好腳踏車，望著那一批批剛從圖書館離開，臉上充滿踏實光輝的碩士考生們。

阿努繼續默想著：「對，大家都說我很幸福，同學們也很羨慕我，不用準備考試，就業面試也免了，只要回家，只要回家就夠了……」

家裡是當地小有名氣的食品批發與產銷公司，近年來負責許多農委會與各大旅遊公司的合約，年收入極高。每年的主要業務就是包裝並推出各式各樣的台灣名產，工作氣氛也很本土又歡樂，年齡層偏高，即將共事的同事也都是自己從小就十分熟悉的長輩。

但這種「等畢業」的生活態度，並不是阿努期盼的。說真的，他也不知道自己在期盼什麼？若不回家，還有別的工作想做嗎？這問題早在每年農曆年吃團圓飯時，阿努就細細思考過，而他永遠沒有一個定論。

光電產業競爭激烈，從決定考碩士的那刻開始就註定勞累，就業後更不可能安養生息。阿努雖在系上學業表現不錯，卻也從不覺得自己志業在此。

「學長以後想做什麼呢？」每當看著學弟妹發亮的澄澈雙眸，是如此積極地想知道他們景仰的學長對未來有何看法……

阿努只能答得模稜兩可，說要繼承家業，總會被冠上「孝順」，不然就得到一句「原來學長是小開」的回應。久而久之，阿努再也無法輕鬆地回答這種問題了。

「阿努！」凱藍熟悉的身影閃過眼前。他跟自己一樣都穿著黑衣，只是凱藍一身球鞋打扮，汗涔涔的，像是剛運動過。

「阿努，你站在飲料店前面發呆幹麼？在思考要請我喝哪一種飲料是嗎？」凱藍親暱地勾住阿努的肩膀，阿努也拿這個淘氣英俊的萬人迷學弟沒辦法。

他用力地搥了凱藍的肩膀一下。

「欸！誰要請你喝飲料，你今天不知道請過多少學妹喝飲料了咧！每天喝這麼多添加物，小心腎病！」

「誇張耶！我才二十歲，腎病什麼的還不需要你擔心啦！」

「你去運動囉？」阿努問。

「對啊！跟英文系學妹友誼賽！我已經跟我們地科系上的學弟妹都說好

——千萬要放水，結果他們竟然把人家打了個梨花帶淚，我只好趁機帶英文系學妹們去吃雞排慰勞一下。」

「我看根本是你教唆系上學弟妹的吧？你真是個糟糕的學長啊！跨年不是也約了英文系學妹出去？」阿努虧道：「我和雅禧那天本來想叫住你們……結果你卻裝作不認識！」

「我哪有裝作不認識，是心思都放在人家小女生身上了啦！真的沒看到你們！」凱藍壓低聲音，倒也知道不好意思。

凱藍最近積極約會的對象是英文系大一的凱瑟琳，大一學妹配大二學長是校園中很理所當然的組合。學長散發出來的紳士風度與追求技巧，更是許多初出茅廬的大一男孩望塵莫及的。

「不過，如果喜歡的話，現在也應該要追到了啊！」阿努看得出凱藍對凱瑟琳有那麼些認真，而歷經聖誕節、跨年夜之間種種的節慶火花，原本互有意思的曖昧情侶多半也會修成正果。

若是拖到了寒假都還沒有個結論，雙方大概往後也只會漸行漸遠。

「說到這個……我先前本來就認識很多英文系學妹，跟英文系大二也處得很好，畢竟一起跑過很多活動，難免會認識一些人，結果不曉得是誰跟凱瑟琳說我很花心，搞得她最近常常吃醋。一開始還以爲是曖昧裝情趣，結果她可是真的生氣了。」好久沒遇到值得信任的男性傾吐對象，凱藍不肯放阿努離開，兩個大男生就在美食街廣場噴水池旁的長凳坐了下來。

「咦！學長們在約會喔？」英文系學妹莎莎正巧經過，故意虧道。

「哪是啊！笨蛋！」凱藍顧著頂嘴，阿努則注意到莎莎身後還跟著個子瘦小、垂著頭害羞微笑的莘兒。

這個冬天，老是見到她裹在同一件深藍色羽絨外套裡，忙碌地穿梭在校園各角。不是趕著打工，就是急著上課，或拖著疲累的腳步回宿舍補眠。

「嗨！」阿努舉起手，朝已經走過的莘兒打招呼。莘兒也內向地舉起手回應，又彆扭地轉過頭，連忙追上莎莎的腳步。

阿努所屬的「慈愛社」，專門輔助低收入戶的國、高中生，提供免費的家教服務。寒暑假也會下鄉去山區，帶領原住民小朋友參與英文與音樂營隊。而阿努從大一就特別常跟低收入戶的孩子們相處，當他看到類似的身影與外表特質時，阿努是認得出來的。

雖然莘兒的處境或許不到低收入戶，但她的家境絕對稱不上小康。

「她沒事吧……如果有穩定的家教工作，應該至少能讓自己過得體面舒服一點才是。」阿努望著莘兒單薄的背影，那彷彿被冬風一刮就會飄倒的嬌小身軀，看起來楚楚可憐。

而莘兒的頭髮，已經與阿努首次在迎新宿營見到她時，還要長長許多。雖然未施脂粉，莘兒看起來倒也有些大女孩的感覺了。

「又在發呆！」凱藍碎碎唸道：「我剛剛講了一堆，你有跟上嗎？」

「有啊！你說凱瑟琳嫉妒心比較強。」阿努神速地接回方才凱藍的話題。

「我是覺得啦！你如果真心喜歡她，還是不要太常跟其他人走太近，認識很多學妹是沒關係，但給喜歡的人安全感也很重要。」

阿努說的，是自己的經驗談。去年自己大二時，也因爲參加社團而與許多異性走得很近。當時主動倒追他的，卻罕見地是個大三的正妹學姐，她正是被學弟妹封爲「學生會女神」的雅禧。

雖然擺明了很喜歡阿努，也想進一步交往，但雅禧卻從沒因爲自己倒追而居於下風，反而常用撒嬌的方式提醒阿努：「要多關注我一點，不可以被其他小女生騙走喔！」

而兩人倒也相安無事地交往到現在，是人人稱羨的一對。大四財金系的雅禧已經在如火如荼地準備研究所升學考試了，台、政、清、交都在她的狩獵範圍中。

「如果有你說得這麼簡單就好。」畢竟是自己敬重的學長，凱藍雖是聽進去了，卻仍故意擺出不以爲然的態度。

或許凱藍終究沒有真的很喜歡對方吧？阿努心想。

其實，阿努倒也挺羨慕凱藍，他才大二，正是該多交朋友、多闖社團成績的時候。從以前兩人在系籃交手時，阿努就很欣賞凱藍飄逸的球風，就跟凱藍這個人一樣，充滿了鬼靈精又瀟灑的魅力。

阿努與凱藍正式成爲互相聯絡的好友，是在一次合作舉辦系際盃籃球賽的時候。在學校辦這種大比賽總是吃力不討好，許多學院、系所都對主辦方有不同的要求。而當時辦比賽毫無經驗的凱藍，才只是個被學長推上火線的大一生而已，同樣是喜愛籃球比賽的阿努，自然就以學長身份幫了他一把。其實凱藍的個性很可靠也很溫暖，做事又十分負責，唯有在情場上，他老是因爲對象過多而難以抉擇。

阿努拍了凱藍的膝蓋一下。「欸！你也不用想太多啦！如果這個女孩沒交往也不可惜的話，還是趁早撤了吧！」

「不……我許的新年新願望，是要真正定下來。」

「是啊！」阿努挖苦道：「只是要跟誰定下來，你也不知道。」

「靠！很傷人喔！」凱藍雖罵著，卻像是被說中一樣，露出醍醐灌頂的豁達笑容。

「不，其實我懂你的想法。因爲，我自己也常常不知道。」阿努幽幽地說，但以下這些話，他還是沒能說出口，只能想在心底。

「例如，不知道我畢業之後選擇什麼工作才會比較快樂，而現在準備研究所也已經太晚了，我真的也沒有想念的科系。」

凱藍望著噴水池後方幾對親暱的情侶，只覺得阿努真好，什麼煩惱也沒有。不但有個正妹女友，畢業回家後還能繼續當小開。凱藍也很想把這些話說出口，但上次他這麼做時，阿努的表情一點也不開心。凱藍總覺得還有什麼隱情，只是，久久與阿努見一次面的他也無法參透就是了。

誰叫他只是個盡情享受人生的貪玩大二生呢？

手機響了，阿努與凱藍簡略地揮手道別，邊走向單車，邊接起電話。

是學妹來討論寒假義工營隊的事情，這次也是要邀請低收入的孩子免費體驗音樂創作，並透過英語歌曲加強口語能力。阿努有很多想法，雙眼滿是興奮火光地與學妹聊了起來。

「啊！我這裡有一些資料耶！等等拿去宿舍門口給妳好了，妳方便嗎？」

忙著這些瑣事時，阿努又想起那些低收入戶孩子們渴望自由的神情，他們真摯的眼眸中總是渴望經濟上的安全，也嚮往未來的可能性。如果自己能爲他們多做點什麼，那當然很好。

但阿努不敢承認，自己喜歡跟那些孩子在一起，一方面也是因爲他能從他們身上體會到自己有多幸福。

阿努又想起了莘兒。

跨上單車騎往學妹宿舍前，阿努有那麼一絲絲期待，希望能再看到莘兒一面，好好跟她說說話。

不知道爲什麼，莘兒總給他一種能放開心胸暢談的感覺。明明自己有這麼多苦惱，但聽到莘兒說起她的疑慮時，阿努卻覺得自己一點也不孤單。

一月的寒風刮過他的頸背，如果說一定得爲這個新年許些什麼願望的話，阿努希望莘兒一切安好。

希望有一天，她可以穿搭著新衣服，不再彎腰駝背，自信自在地主動跟他打招呼。

06. 疏離過後的二月

「莘兒……我有件事想找妳幫忙，不過可能需要當面講。我請妳吃飯好嗎？妳什麼時候有空呢？」在壓力最顯繁重的期末考週前夕，阿努找了莘兒出去。

莘兒知道拒絕的話，雙方互動的可能性會更小。恰巧這是期末考前一週，明天珍娜老師作文課停課一次，因此莘兒今晚是最有空的。明、後天有報告要交，恐怕也擠不出晚餐時間。

「不好意思，學長……今天晚上可以嗎？」

阿努遲疑了一下，開心地回答：「今天嗎？可以喔！妳想吃哪裡呢？去市區吃好不好？」

莘兒簡直受寵若驚，原本先前自己想假借感謝介紹家教工作之名約阿努，如今竟是阿努要約她？

「怎麼辦！怎麼辦！」才剛掛上電話，莘兒腦袋一片空白，卻也興奮地從宿舍座位起身，跑到衣櫃前猛跳。

體面的衣服沒有幾件，此時，莘兒瞥到一件粉色短裙，自從聖誕舞會之後，這種「特殊場合」穿的衣服就被冰了起來。

也沒有其他選擇了，莘兒連忙換上保暖的冬季黑色褲襪，配上裙子。大衣呢？這也不需費心了，反正還是只有那件深藍羽絨外套能選。再說，待會兒要坐機車下市區，這時候還逞強鐵定會感冒，萬一沒體力考期末考就糟了。

「竟然要坐阿努學長的機車……」莘兒感到有些不好意思，以前也不是沒坐過男孩子的車，但阿努畢竟是自己有點情愫在的對象，當然會緊張。

莘兒顧不得小鹿亂撞，跑到鏡子前擦起先前買一送一時購入的隔離霜，讓自己蠟黃的臉色顯得白皙清透許多。至於腮紅呢？莘兒頰上已經泛起紅暈，不再需要了。

莘兒甚至補上一點細細的眼線，讓自己的眼睛有神一點。

那一晚的阿努學長，對她特別溫柔。旁人大概還以爲自己跟阿努是一對呢！當被服務生推薦是否要點情侶套餐時，莘兒差點壓抑不住害臊的笑意。

「難得有機會跟妳好好聊聊，先前總是很倉促啊！」阿努直率一笑。

「對呀……以前老是在晚上的公車上遇到，也沒有辦法講很久。」

在以深紅牆色爲基調的美式餐廳中，阿努與莘兒自然地寒暄。雙方先前聊天時總是沒有任何隔閡，這次多了些正式的感覺，卻讓莘兒擺脫公車車廂以外的昏暗光線，終於能好好凝視阿努微笑時的清爽神情。

「抱歉，先前妳就說想找我吃飯，可惜我時間管理很差，一直到最近才有時間，還害妳在期末考前一週出來……」

「不、不，我剛好明天停課，正想休息一下呢！再說，這種時間，市區也比較少我們學校的人……」莘兒忽然覺得自己話說得不太得體，但其實她只是不想被太多同學撞見，把話亂傳。

「哈哈！我懂。別怕，今天吃飯的事情有跟我女友稟告了啦！」

莘兒眉心一皺，她並不喜歡阿努提到女友的事，那麼漂亮、那麼完美的人，自己永遠也比不上，當然每次聽到都覺得刺耳。

但，莘兒卻也很好奇，阿努與雅禧之間到底感情有多好？

「雅禧學姐願意讓你出來跟女生吃飯啊？」

阿努率直地點頭。「嗯！她知道我想找妳討救兵的關係。」

「找我討救兵？」

原來阿努寒假的慈愛營臨時少了個後勤幫手，教材與講義的部分開了個大天窗，想請莘兒利用寒假第一週幫忙補齊講義。

「那個學妹丟下一句『要出國』就跑了……明明營隊時間與進度行程早在三個月前就公布了。」阿努講到不如意的事，臉色也孩子氣地沉了下來。看在莘兒眼中，特別有種稚氣的可愛。

「唉！不說她了。其實，其他幹部已把教材編到百分之八十了，只是剩下的百分之二十，真的需要英文特別好又常接觸生活教材的人。主要是希望能放一些國中小朋友也能輕鬆學的流行歌曲歌詞、小短文、或自行編入一些國外明星的簡單訪問等等……」

「哦哦……這些我每週都在接觸呢！」莘兒沒有撒謊，她手邊多的是這樣的素材，有些很新，有些則是從她首次擔任家教以來就留存到現在的「經典」素材。

「我電腦裡面很多！要我補充幾篇的話不是問題，我寒假頭三天就可以做給你了，不用等到一星期。」

講到自己擅長的部分，莘兒眼中充滿自信，說話的語調也高亢起來。

「真的嗎！太好了！」阿努激動地用力點頭。「啊！還好我第一時間就想到妳！謝謝妳願意幫忙……」

「不謝！不謝！」莘兒甜甜一笑。

阿努望著莘兒的眼神頓時變得輕鬆又明亮許多。講完了重要的事，接下來的這一餐他們閒話家常。阿努私底下也流露出幽默睿智的一面，更和莘兒說了許多自己很少提起的往事。

「忽然間，變得很瞭解他了……」回程輕輕抓著阿努外套騎車上山時，莘兒心中泛起一陣安全感。

阿努停好機車之後，也主動送莘兒走回宿舍門口。

「今天真的很謝謝你喔……」莘兒有些依依不捨，竟然伸出手主動握住阿努。

「哈哈哈！我才要謝謝妳啊！」阿努反握住莘兒，傻氣地笑著。

莘兒上樓，感受自己的裙襬在阿努的目送注視之下搖曳，直到自己的身影完全離開阿努的視線，她才鬆了口氣。

「好棒的晚上……」

「在笑什麼啊？」莎莎賊賊地從隔壁寢跑了出來。「哦！我剛剛看到了，是光電系那個很帥的阿努學長送妳回來喔？」

「商量社團的事情而已啦！我先忙喔！」莘兒冠冕堂皇地擺出平淡的表情，輕輕把門關上。爲了怕莎莎問東問西，只能先將她拒於門後。

恰巧寢室只剩自己一人，莘兒如釋重負地笑了出來。窗外飄起了銀白色的小雨，看在莘兒眼中，雨絲就如蛋糕上的糖霜般，甜美清透。

※※

期末考週到了，莘兒只剩下一科報告要趕，這是大一必修中所有學生最害怕的科目：「文學作品讀法」。

整學期的課程內容不但有十幾篇名家的小說要分析、品味、研究。期末報告還要訓練學生各自在閱讀清單中，讀完一整本名著小說，挑選一個主題去做報告。

光是要讀完小說本身已經十分耗費精力，還要找資料、找觀點切入，對於許多研究能力不夠好的學生來說，這份報告可說是惡魔般折磨人。

寢室中，凱瑟琳與莎莎正討論得很熱烈。「唉呀！聽說蓋瑞學長去年就是因為交不出報告，因此被當了，所以今年才跟我們一起重修……」

「天啊！連蓋瑞學長都被當了……」莎莎十分傻眼。

「所以，蓋瑞學長說，他老早從這學期一開始就選定小說讀了，才不會來不及……」凱瑟琳解釋。

「天啊！可怕！我是上星期才開始讀耶！我選的還是頁數最少的那本……」凱瑟琳驕縱地搖搖手。「那本最難了啦！妳就算讀完也很難寫得出什麼！」

「那怎麼辦！」莎莎大叫。

越是辛苦的時期，越是有些危言聳聽的言論出現。此刻，背對著凱瑟琳與莎莎的莘兒，正在如火如荼地編寫報告大綱。

是的，莘兒聽從珊迪學姐的建言，從十一月就開始準備這份期末報告，此刻已經讀完指定讀物，正在思考報告內容要寫些什麼。比起還在嚼舌根的其他人，莘兒已經在向本學期的終點奔馳了。身後的同學講話雖然頗為干擾，但已經不對莘兒造成任何威脅了。

「咦？莘兒，妳在打報告嗎？」凱瑟琳的眼力特別銳利。

「哪是，我只是在準備家教學生的東西啦！」莘兒連忙點開臉書，故作清閒。

就在此時，她看見了阿努學長貼出了一則狀態。

「除了寒心還是寒心，看來就是有人根本不把夥伴當回事！說好一起努力，最後卻換來你一句想環島，所以要拒絕，知道有多少小朋友在期待這場營隊嗎？」

文中可以感受到阿努前所未有的憤怒。底下的留言全是一片「息怒」、「自己做吧！」、「期末考，大家壓力都很大，放寬心啦！」等安慰的話語。

莘兒從沒看過阿努在網路上發表任何憤怒言論，他總是轉貼一些溫馨正向的文章，或者有價值的專欄分析及好聽的音樂連結，很少會把上臉書的時間拿來發表一大篇生氣的言論。

「事情一定很嚴重，看來是營隊的事情……」身後兩位女同學在討論什麼，早已不重要，莘兒鼓起勇氣，拿著手機走出寢室。

「學長……請問怎麼了？我可以幫忙嗎？」

「就是營隊的事情。」阿努聽起來心浮氣躁。「原本答應要上台教英語歌曲的一個學弟，又跳票了……」

聽起來跟自己想的一樣，莘兒沉穩地深呼吸了一口氣，說出已有心理準備的承諾。

「學長，我去吧！我能勝任的，若是不行的地方，再請你們指導就好了。」

「但……妳寒假也要打工吧？」

「不，我寒假打算休息一下……但，我不是很想待在家裡，放那麼多天假，媽媽反而會責怪說浪費時間不去賺錢……所以，就算是當幫我一個忙，讓我參加營隊吧！除了擔任講師，我也可以帶遊戲、團康，沒問題的！」莘兒爽朗幹練的語氣，讓人無法拒絕。

「謝謝妳，我不會讓妳太累的。真的很謝謝妳……」

聽到阿努愧疚又感動的聲音，莘兒感覺自己的寒假已經提前開始了。

她邁著輕盈的步伐回房，渾身熱血地打著最後一份期末報告。

※※

大年初五，市區內的教學大樓外，充滿了過年後的溫暖氣氛。鋪著木頭地板的明亮二十坪和室教室中，莘兒對著數十名席地而坐的營隊小學員講解英文歌詞的意思。

「好，這句話，有沒有人知道怎麼翻譯呢？我們先來看OUT OF REACH，這個或許你們比較陌生……REACH 有伸手觸摸、伸手搆住的意思！」伸長了手臂做出生動的示範，莘兒換上新買的黑白千鳥格洋裝，神清氣爽地講解著英文情歌的歌詞。一連三天，她從嘻哈、搖滾、節奏藍調、流行樂、鄉村樂中擷取了不少時下國中生會感興趣的好聽歌曲，課程大獲好評。

配著琅琅上口的旋律，莘兒手持麥克風害羞地跟著歌曲哼唱，學員們也熱情地唱和。這比平常的家教活動有趣太多了！一開始怯場的莘兒，在營隊第三天時已經能不時搞笑，做出可愛逗趣的表情，頓時在學員們之間成爲人氣最高的講師。

「Zin 老師，可以跟妳合照嗎？」

營隊最後一天的下午課程，大家都顯得離情依依，有時間就纏住莘兒，與她一起自拍。

一旁拿著單眼相機，擔任活動紀錄的阿努，用溫柔且感激的眼神注視著莘兒。

「大家來！我們一起來唱 Goodbye Yesterday 這首歌吧！歌詞大家第一天就學會囉！」離別時刻到來，主持的營隊幹部拿著麥克風，也將莘兒拱上台一起唱。

小學員雖然只是國中生，卻早在短短的下課時間自製驚喜卡片，在歌聲中上台朗誦。

「Thank you Dear Zin，you are beautiful，you are wonderful！」雖然只是簡單的英文，但看到有些孩子剛開始連一個單字都不敢大膽拼完，營隊結束時卻能寫出英文卡片獻上，莘兒已經鼻酸了。

「這個寒假有來做一些事，沒有宅在家裡，真是太好了……」阿努與莘兒共用一個麥克風唱歌時，眼眶泛紅，幾乎流下男兒淚。這樣深情的他，讓莘兒有些心疼，卻也觸動莘兒心底最深處的壁壘。

最後的大合唱時，燈光漸暗，幹部撒下紙花，小學員們臉上洋溢著溫暖又不捨的笑容。看見邊哽咽邊一一抱住孩子們的阿努，讓莘兒很想一輩子記住這樣幸福的時刻。

晚間八點多，會場收拾乾淨，社團幹部們都陸續回家了。慶功宴將擇期於開學時一起舉辦，大家多半還是歸心似箭。而家鄉遠在外地的莘兒，已決定要搭最後一班車，回家過完寒假。

阿努借了協辦單位的車子運送器材，送莘兒到車站前，兩人在市區找了間餐廳吃飯。餐廳恰巧客滿，沒有面對面的座位，只有吧檯旁的並肩高腳椅。

望著阿努的側臉，感受著他真摯溫暖的氣息，莘兒緩緩開口。

「阿努……爲什麼你剛剛要這麼難過呢？」

「因爲，這是我最後一次能看到孩子們笑臉的機會了。過去三年，我寒、暑假都免不了跑營隊，不過，我爸已經要求我升上大四之後，就要開始利用假期幫忙，不可能再插手營隊的事情了。」阿努說起自己真正的心情，表情真摯且深沉。

「因此，也許剛剛那一哭，是和過去這三年的自己告別吧！」

莘兒不知道該做何回應，她這才發現，雖然只和阿努差了兩歲，但自己的人生歷練實在太少，說不出任何安慰的話語，甚至也無法接話……

她忽然好羨慕那種日劇的女主角，總是能說出冠冕堂皇又讓人感動的金句。

「對不起，學長……我嘴巴很笨，不知道怎麼回答你。」

「哈哈，傻瓜。」阿努摸摸莘兒的頭，眼底有著泛紅的暖意。「光是妳在旁邊聽我說這些，又陪我度過這三天，就是幫我很大的忙了。」

「我……」莘兒感覺一陣電流竄過心房。「阿努學長，你不要這樣說，我也覺得有你作伴很開心。因爲，我一向沒什麼朋友，又很難約，大家都說我很愛裝忙、很冷漠。但阿努學長，你真的是我少數能放開心胸講話的人……」她大膽地屏住呼吸，凝視著阿努那驚喜又灼熱的目光。

「其實，今年的寒假不打工，我的媽媽非常不諒解，但我真的累了，真的想花時間在自己真心想做的事上，例如，這個營隊。也因爲營隊的關係，能稍微從那個令人窒息的家裡解放，真的是太好了。」莘兒真誠甜美的苦笑，讓阿努出了神。

阿努正要開口，手機卻振動了起來。

他望著來電者雅禧的名字，毫不猶豫地切掉了電話。

「啊！學長，你接沒關係啊……」

「不接……我正在聽妳講話。」阿努嚴肅地點頭回答，隨後，他溫暖一笑。

「莘兒，謝謝妳，妳不知道剛剛那番話，讓我有多感動耶！很久沒有被這麼認真地感謝了。妳知道嗎？我完全懂妳的心情！寒假多虧這個營隊，我也暫時不用去想接掌家裡事業的事情，不用面對我爸爸……今年的寒假有妳加入，真的很特別！我想，這個營隊或許會是我未來一整年的養分吧！」

「嗯！一定可以的。它也會是我的養分。」莘兒舉起飲料杯，阿努笑得明朗，與莘兒乾杯。

阿努沒告訴莘兒的是，自己已經有十天沒接女友的電話了。

這次的營隊，的確是阿努的養分兼解藥。他渾身充滿了力氣，連視線中觸及的一切也煥然一新，莘兒的笑容又那麼有治癒力，就連待會兒要回家面對父母，他也絲毫不感焦躁了。

07. 課題重重的三月

開學第一週，阿努從床上懶洋洋地睜開眼，身旁的手機傳來簡訊振動聲。

「我們需要好好談談，如果我因此考不上研究所，你覺得自己沒有責任嗎？」雅禧傳來的簡訊內容映入眼簾。

「啊！按錯了。」阿努將手機視窗往下滑，離開三週前這封怒氣逼人的簡訊，找到了雅禧最新傳來的這一封。

「你陪我一起去市區選面試的套裝吧！」

寒假因為忙於營隊，忙著逃避家人，以及照三餐打來抱怨研究所考試壓力的雅禧，阿努很少接電話。大四生的研究所升學考試，多半在寒假到開學這段時間展開，過度的高壓考生生活，也讓雅禧變成一個歇斯底里的女人。除了考試之外毫無生活重心的她，就像溺水的人，只想使勁抓住阿努這根浮木。

雅禧在大四上學期的確沒花很多時間讀書，不過，阿努不覺得她考前有需要背負這麼大的壓力，雅禧顯然缺少了安全感與自信，才會焦慮成這樣。

「如果我都落榜了，至少我還有你，對不對？」寒假時，雅禧半夜也經常扔來一些讓人心煩意亂的負面情緒簡訊。

原本以為她考完一、兩間學校，有了筆試經驗後，情緒就會和緩下來。但雅禧一直到開學之後，都還屬於十分緊繃的狀態。

「唉！聽小梅、萬萬她們說，政大的最後一大題簡直是送分，但我怎麼覺得很難……還差點寫不完，該不會最有把握的政大也沒救了吧？萬一都落榜怎麼辦，那就太丟臉了啦……」

「不會的，一定會考上的！妳已經很努力了啊！」阿努總是這麼回答。

「不，不是努力就有用，我覺得這次運氣真的很背……考交大時還記錯時間，鐘響了我竟然還在洗手間！你知道當時的我是什麼心情嗎？」

幾乎每次的對話，都在雅禧這種高強度的精神轟炸中度過。阿努又怎麼會喜歡這樣的相處模式？好像除了考試、升學之外，雅禧再也想不出其他話題，更不用說是快樂抒壓的話題了。

剛開學，阿努就帶雅禧去清境農場展開一場兩天一夜的小旅行，這才讓雅禧的情緒稍稍恢復正常。

看到這樣的雅禧，阿努最難受的是，他連讓雅禧傾聽自己心聲的機會都沒有，只能一個勁兒把自己的憂慮放在心底。

如今已經開學第二週，忙著選課、排課的阿努也諸事纏身，看見雅禧煩躁的模樣，當然也覺得緊繃又痛苦，片刻也不想與她有瓜葛。

曾幾何時，「分手該有多輕鬆」這樣的念頭也浮現於阿努腦海。

「但如果現在我跟她分手，一定會反過來被怪說我耽誤了她的升學考試，耽誤了她的一生。還是等口試都過了再說吧……就再忍一忍吧！」阿努從來不知道這段感情竟然能乏味得如同嚼蠟。

更可怕的是，雅禧帶給阿努的感覺也變得如此窒息，彷彿被困在玻璃缸中，只能每天游上千圈的魚兒般。

「什麼也不能做，也不知道還能逃去哪……」打開睡眼惺松的雙眸，阿努勉強打字回覆雅禧的簡訊。

「今天下午我還是要去選課，最後兩門通識想趁這學期先修完，還有『日文進階』也很搶手，因此下午就無法跟妳去市區了。」

阿努傳完訊息，才正要放鬆地走進浴室刷牙。

然而，另一封簡訊又來了。

「晚上呢？」雅禧完全緊迫盯人。「晚上你總可以了吧？」

「妳很漂亮，套裝還自己喜歡的就很好看了，不用這麼緊張啦！」阿努回覆道。

「只是覺得想找你去市區走走，有這麼難喔！」

「真的有事情，不好意思。」阿努受夠了，闔上手機。

※※

凱藍大步走過文學院外的草坪，剛開學，幾個大一女孩拉開格紋餐桌布，席地坐在草地上，比春日盛開的花朵還嬌嫩。抱著外文課本聊天的她們，看起來就像是一幅畫，更像是她們愛看的歐美老電影女主角。

兩個女孩穿著這季時髦的高腰春裙，另一個女孩雖身著樸素灰長褲，但上衣是露肩縷空的白色蕾絲，看起來清純又有型。

「嗨！露西、莎莎、莘兒！」凱藍依序朝裙裝與褲裝女孩打招呼。「在草地上野餐！這麼有情調喔？」

「是啊！就是有你這種沒水準的路人來毀了我們的氣氛。」莎莎故意嗆道。

凱藍笑了。「欸！一開學就這麼兇啊？」

「誰叫你傷凱瑟琳的心！」露西也幫腔道。

「欸欸！凱瑟琳到底說了我什麼？所以現在整個英文系大一生都要與我為敵囉？」明知道對方是開玩笑的，凱藍倒也與她們耍起嘴皮子來了。

「可惜啊！我們注目的雙凱戀，就這樣消失了。」莎莎說。

「沒辦法，是凱瑟琳自己先另結新歡的，寒假還沒過完就交了新男友。」凱藍聳了聳肩。「臉書的『穩定交往中』狀態掛出來時，妳們還不是都有按讚！」

與莎莎、露西唇槍舌戰的凱藍，反倒注意起在一旁淺笑聽耳機的莘兒。

他的第一個感覺，就是莘兒變漂亮了。

頭髮已經過肩的莘兒，將低馬尾側綁在耳後，白皙的肩頸線條完全沐浴在春風中，反而有種落落大方的氣勢。

跟以前那個總是跟在他人身後，畏縮內向的莘兒，大有不同。

「莘兒，寒假過得怎麼樣？發生什麼好事了嗎？」凱藍問。

莘兒客氣地搖了搖頭，沒有多說什麼。她是內斂的女孩，很少隨便與凱藍這種伶牙俐齒的男生搭腔。

「欸欸！我們在跟你說話欸！」莎莎與露西雖然一臉討厭凱藍的模樣，卻是雙雙賊笑，擺明了不讓凱藍輕易走開。看在莘兒眼底，他們哪裡是吵架，只是趁機抬槓，打情罵俏而已。

撇開上學期初次見面的悸動不提，莘兒已經對凱藍沒興趣了。她把心神放入耳機的快節奏情歌中，心想著：原來對一個對象沒興趣，是作為女人獨享的一種自由與快樂。

輕輕鬆鬆，不攬入任何負擔，這就是她這學期的首要目標。

莎莎看凱藍邊跟自己講話，視線卻邊飄到莘兒身旁，大概也體會到了些什麼。

「難道凱藍也對莘兒有意思，但把莘兒惹毛了嗎？但是，莘兒看起來又不像是跟他很熟……」莎莎越想越在意，對凱藍用的詞彙也越來越粗魯，雙方繼續展開唇齒攻防戰。

說不到三句，凱藍投降了。「好了，就當作我對不起凱瑟琳，但妳們不要忘記，被她劈腿，我也很傷心耶！」

「竟然胡亂說女生劈腿！人家從頭到尾就沒跟你在一起過啦！」露西罵道。

「我先走了喔！等等有課！」莘兒飄逸起身，蕾絲上衣的光影在肩線晃漾。她離去的模樣，並不像有課，反而是喜孜孜地準備前往什麼令人期待的地方似的。

「這學期的課都選了，家教學生的時間也大約安排得差不多了。」莘兒想到自己即使寒假沒打工，仍提前把本學期的學費存到了，心情飄飄然。

不過，畢竟寒假是自己前所未有「不事生產」的時刻，面對母親臨時的幾項要求，莘兒真的暫時無力「生錢」出來。以往的她只將家庭當作重心，總爲了五斗米鬱鬱寡歡。但現在的她改以自己喜歡的工作、學業爲重心，加上寒假又發生了好事，一切的養分，都足夠莘兒消化許久，不再輕易躁動不安了。

「算了，就算我少拿一、兩萬出來，家人也不會餓死的。媽只是多少想跟我討點錢而已，還說我放寒假住家裡，就應該給家裡租金……」

想到這裡，莘兒難免有些無力，但放眼望去校園的綠意春景是這麼誘人，豈能讓自己深陷於那些無力改變的小事呢？

「通識課，我來了！」莘兒用小跳躍的可愛步姿，朝新蓋好的玻璃帷幕大樓走去。

學校的選課名單一向是公開的，莘兒在選課網站瞥見阿努也要上這堂課。這對她來說並不意外，反而像雙方特地安排好的驚喜。

早已忘了是誰先提起這門課了，或許是在臉書的某場聊天中，阿努與莘兒交換了意見後，雙雙選擇了這門課。

其實這也是忙亂的開學選課週過後，他們首次見面。莘兒一直偷偷期待著這一天的到來。

「阿努跟他女友處得好嗎……雖然我大概還是沒機會，不過，他女友最近忙著考試，他壓力一定也很大，我應該輕鬆愉快地跟他相處，不要過問太多他的私事……」

莘兒來到了這間可容納兩百多人的多功能教室。從階梯式教室入口往下望，不少早到的學生，已紛紛在位置上坐定。

當然，莘兒的灼熱目光，正積極地尋找那個特定的身影……

其實，她並不知道阿努今天穿怎樣的服飾，但她認得阿努揹的包包款式，與他一貫舒服輕鬆的步姿。或許，當女孩心中有了一個重要的身影時，她即使呼吸都會下意識尋找他的影子，定位他的存在。

絕不錯過任何瞬間。

「找到了。」莘兒帶著微笑，走向一個熟悉的背影。他正與一男兩女同時並肩坐在教室同一排，莘兒拍了拍那熟悉的肩。

「學長。」

阿努的表情掠過八成驚喜，但他的眉宇之間卻早在回頭時，顯露出兩成的不愉快。莘兒對這個反應有些困惑，爲什麼阿努會是這樣的情緒反應呢？

「嗨！學妹。」隨即，雅禧的豔麗笑容映入眼簾。

方才沒認出雅禧的背影，莘兒的笑容也頓時僵住了。

簡直也忘了呼吸。

「嗨……學姐，妳們一起來上課啊？」莘兒故作大方，重拾心跳的頻率。

「對啊！雅禧妳來這裡幹嘛？這堂課妳不是上過了？」面對身旁使勁盯住莘兒的雅禧，阿努全身都緊繃著，語氣中也有指責的意思。

「怎樣？上過了就不能來喔？我打算找黎老師幫我寫面試推薦函啊！別忘了，這堂課還是我去年就大力推薦你來修的好課，我自己當然也會想來再聽一次啊！」雅禧呵呵笑著，熱情地伸手抓住莘兒。

「學妹，坐啊！」

「不用了，我那邊有認識的同學，我去前面一點的地方坐，謝謝學姐。」莘兒認真地望著雅禧的眼睛，視線一秒也沒敢在阿努身上停留。

心情糟透了。

不過，自己的心態本來就不完美，又能怪誰呢？短短的幾個瞬間，莘兒充分體會到雅禧的攻勢。她絕對不可能什麼都不知道。

現在只有兩條路，繼續努力跟學長保持著積極的關係，或者從此疏遠。

整堂課程中，莘兒多次想轉頭去望著雅禧與阿努的身影，不爲什麼，就爲了心底那份掩藏不住的好奇。

「他們現在感情到底怎麼樣了？」莘兒苦悶地抿了抿嘴唇。「從阿努學長的反應來看，他應該很不希望學姐出現在這裡吧！她擺明就是爲了宣示主權而來的，只怪我自己見獵心喜，完全沒留意到學姐也悄悄坐在一旁……」

自己的道行，果真太淺了。這是認識阿努以來，莘兒第二次有這樣的想法。

爲了轉移注意力，莘兒又拿出了手機的計算機軟體。

敲著減號、加號，算著家教工時，也算著母親要求的生活費，莘兒的表情再也開心不起來。

「才剛開學而已，爲什麼不如意的事就這麼多呢……」

「我坐這邊喔！」一個熟悉的男孩聲音傳了過來，原來是班上同學ANDREW！綽號小白鯨的ANDREW，寒假接受了台北愛樂的考試，聽說有了好消息，還不知不覺瘦了三公斤，這下不像小白鯨，倒像小海豚了。

「ANDREW，你怎麼現在才到啊？」

「不要這樣啦！我剛去旁聽其他理工系的大一體育課，結果對方太晚下課了……因為我實在不想跟我們班女生一起上課，每次都笑我胖，壓力超大！」ANDREW 露出陽光稚嫩的笑容。

「不會胖啦！而且你已經瘦很多了！很帥喔！」莘兒認真地讚賞著。

「只有莘兒會說我帥啦！平常都被我們班其他人笑免錢的！」ANDREW 瞇起眼睛，滿足地享受莘兒的稱許，他快速拿出筆記本，準備將心力放回課堂。

「現在講到哪裡？哇！『危險性伴侶』？這麼刺激，我以為這只是一堂老實的課！」ANDREW 自言自語的好笑反應，讓莘兒瞬間忘卻了煩憂。

或許，校園生活這樣就夠了。笑著度過，認真地投入當下……每當跟 ANDREW 相處時，莘兒總覺得他周遭的一切永遠快樂、明亮簡單。

彷彿現實中的不愉快，都能因 ANDREW 的幽默哲學而簡化，最終煙消雲散。

莘兒期待地張大水亮的烏黑眸子。「ANDREW，你確定要選這門課了喔？」

「對啊！」

「太好了，以後我們就坐一起喔！」莘兒爽朗地與他握了握手。

「好啊！我可不想跟其他不認識的人坐在一起啊！汗臭和放屁怎麼辦！」

ANDREW 傻乎乎地說完，又將莘兒逗笑了。

08.

暴雨戀情肆虐的四月

凱藍渾身幹勁地帶著笑容走下大講堂，台下的數百位群眾齊鼓掌。雖然身在人生地不熟的台北，但凱藍是用出征的心情，面對這場民間企業贊助的研討會報告。

凱藍高中時是辯論社，雖然大學無緣考上新聞系，但他仍很想當一個自由撰稿人，不管是報導文學、旅遊、紀實故事等均想涉獵。凱藍的文章更曾被讀者文摘、校園天下等知名雜誌採用。而他這次來台北所做的報告，是自己針對石虎保育撰寫的紀實新聞研究。凱藍對於環境保護與動物議題一向非常關心。外表風流倜儻的他，骨子裡卻是個充滿大愛的熱血男孩，就像彼得潘一樣擁有柔軟溫柔的玩心與童真。

而之所以與英文系大一的凱瑟琳分道揚鑣，其實也只是體會雙方的價值觀有許多不同罷了。

「讓女生覺得自己被拒絕就太難堪了，只要不做任何進一步的動作，她八成會自己沉不住氣，另結新歡吧！」前兩個月的寒假，凱藍忙著找攝影社的同學與高中考友在苗栗山區考察石虎的狀況，手機全日關機。

果真，當他背著一身行囊與滿滿的資料回到舒服的家時，凱瑟琳已經掛上「穩定交往中」的狀態。

「太好了呢！小妞。」當時的凱藍望著臉書螢幕，露出灑脫的笑容。

日子就這樣一天天過去，雖然念的是地科系，但也並非跟自己有興趣的書寫主題全無關係。

「鄭凱藍同學的報告十分精闢，結合了他念地球科學系的背景。他的口條和文筆，則可媲美新聞系學生了。」知名雜誌的評選委員緩緩致詞，讓凱藍與他同組的同學都與有榮焉。

「當然，學生專題一定都會有一些需要改進的地方，但我覺得問題不大……主要是首尾呼應的時候，有一個議題其實被漏掉了……」

凱藍連忙拿起筆，低頭抄下要點。

偌大的初春會場中，空調讓大家都昏昏欲睡，但凱藍的神情卻是亢奮又專注。

與高中老友一起吃完飯之後，凱藍被這麼問了。「等等忙完了，就要回學校嗎？」

「當然是去把稿費花一花囉！哈，開玩笑的啦！」

「有什麼關係！就花啊！」朋友拍了拍他的肩。因爲各自還有事，暫且分道揚鑣。

凱藍看著自己腳下幾乎已開口笑的帆布鞋。

「還是想去西門町走一走啊！但不順路……」他決定前往京站轉運站，買完鞋再搭車返校。

凱藍穿著其實很時髦，但都是同樣幾件質感單品輪流混搭。他不隨便買太便宜的衣物，主要是因爲想尋找能穿得久一點，又不退流行的基本款式。這樣的清爽風格，與個性稍微油膩的他，可說是形成十分有趣的對比。像今天，凱藍也是穿著淺藍純色單寧襯衫配卡其褲，腳踩經典款黑色帆布鞋。

「歡迎光臨。」京站狹小的專櫃內，有些懶洋洋的店員招呼道。「需要幫您做介紹嗎？」

「嗯……不用，我自己看就好。謝謝喔！」凱藍低頭望向幾雙擺在地面的出清款式。

「那雙黑色的比較好吧！」身後傳來一個舒服悅耳的女聲。

「哦！雅禧學姐！」凱藍十分驚喜。

「又把我叫老了。」

雅禧穿著一身充滿氣質的銀灰色窄裙套裝，十足的成熟女性風範。

「妳怎麼在這裡？阿努呢？」

「幹麼講得好像我一定要和他同時出現一樣啊！」雅禧皺眉苦笑道。「我是台北人啊！搭車回校前順便逛一逛。」

「哦！對喔！」凱藍總覺得自己跟雅禧之間有些尷尬，大概是每次看到雅禧，總有阿努在一旁調劑中介的關係。帶著豔氣又光芒萬丈的雅禧，比自己高上兩個年級，氣勢上總讓凱藍有些無法招架。事實上，凱藍總覺得雅禧並不是一個特別好相處的角色，或許與她千金小姐的家世有點關係，和她說話輕鬆不起來。

「妳今天回台北參加碩士口試嗎？」凱藍問。

「不是，我是來買套裝的。」

「身上這套是新買的？」

「不是，這是我姐的，但我還是覺得我自己也要有一套戰袍會比較好，哈哈！」

雅禧身上已有這套看起來十分合身的名牌套裝，有必要再買嗎？凱藍無法理解雅禧的想法，但既然遇上了，總不能話不投機就走開。

「所以……妳買到了嗎？妳的戰袍？」

「看就知道啦！」雅禧得意地搖了搖手上的專櫃紙袋。

「看起來跟這套根本沒差別嘛！」凱藍心想著，對雅禧露出微笑。「嗯！好看。」

「還好囉！反正除了面試之外，之後升上研究所有很多專業場合，還是準備起來比較好，我買了兩套交互穿。」

「嗯嗯！」凱藍繼續望著眼前的出清鞋款。

「你都在這裡買鞋喔？」雖然知道雅禧的問話沒什麼惡意，但凱藍仍有種不知道如何作答的慌張感。

「沒有，就隨便看看。」

「可是我剛剛看你好像打算買了。」

「先試穿才知道啊！」凱藍拿著鞋坐到試穿台上，邊抽開眼神，希望雅禧自己說出「我要趕車了，再見！」，但她竟一副理所當然的模樣，仍是跟在凱藍旁邊。

「學姐，下午沒課啊？」

「都大四了，當然沒什麼課啊！我是跟阿努約好，晚上要一起吃飯。」

凱藍想起，自己似乎這陣子總看到阿努形單影隻，但沒想到雅禧其實也很閒，不曉得他們爲什麼會散發出一種彼此很少碰面的感覺。

「妳特地回學校陪阿努吃飯，感覺滿累人！台大好像這週末就要面試了吧？到時候妳不是又要回台北一趟？」

「唉！一直待在家，我媽會唸東唸西，還是回學校比較清靜一點啦！」雅禧甜甜一笑，她笑起來的模樣真是挺好看的，凱藍心想，要是少說一點話就好了。

大概是因爲從大二時就擔任學生會會長一職，雅禧說話常常有種咄咄逼人的伶俐感。凱藍知道她絕對沒有惡意，只是自己的確感覺不太舒服。

「哇！運氣真好，很合腳！」凱藍對雅禧露出爽朗的一笑，轉頭對店員交代。「請給我這雙，謝謝。」

「這雙舊鞋若不需要的話，本店可以代爲處理。」凱藍不加思索地遞出又破又舊的鞋子。

「那再麻煩你了，謝謝。」

凱藍望著新鞋穿在自己腳上的模樣時，也發現雅禧在一旁瞧著自己。

「啊！不好意思，妳是在等我一起搭車回學校嗎？」

「沒有啊！想說看看我們的校園型男都怎麼買鞋子而已。」雅禧忽然用比較甜的語氣開玩笑道。

不過，真是不怎麼好笑。

凱藍仍擠出一個大大的笑容。

「有點不想跟這個人坐車回學校啊！一點共同話題也沒有。」其實，凱藍先前見到雅禧時，站在阿努身旁的她總是豔光四射，渾身魅力。就算只是笑盈盈地聽著阿努與凱藍聊天，彷彿對她而言也是世界上最快樂的事。不過，這陣子不曉得發生了什麼事，雅禧渾身只散發出一股寒氣，說話用詞也如此難接，讓擅長調劑氣氛的凱藍也充滿了壓力。

「現在到底是怎樣啊……」搭手扶梯往京站大廳前進時，迎面許多陌生臉孔，都用憧憬的眼神望著漠然的雅禧。

「大家果然覺得她很漂亮。但……今天的雅禧一定發生了什麼事，身上少了飄逸和輕盈的氛圍。」凱藍默默打量著雅禧。

雅禧移開眼神，似乎是意識到凱藍的視線，卻故作全然不知情的模樣。走向客運櫃台前，凱藍做了個決定。

「我呢……想再去逛一逛屈臣氏。如果趕時間的話，看妳要不要先去搭車。」

「哦！我和你一起去啊！」雅禧柔柔地莞爾一笑。「我也想逛屈臣氏。」

「真的嗎？那走吧！」凱藍刻意爽朗一笑。

雅禧的視線流連在商品列上，即使京站這間屈臣氏地坪很小，若有需要的商品應該早就逛完了，凱藍與雅禧兩個人卻流連了五分多鐘。凱藍透過貨架的縫隙觀察著雅禧的臉孔。

她一臉不快，露出了凱藍從未見過的冰冷表情。當雅禧站在避孕產品的位置前時，凱藍咬牙發了封簡訊。

「阿努，雅禧今晚有要和你吃飯嗎？」

「沒有啊！怎麼忽然問這個？」阿努回傳道。

「我們偶然碰到了，她要回學校和你吃晚飯的樣子。」

阿努直接回電。「不可能啊！她知道我今天要和學弟去修機車啊！」

「那……就是雅禧有什麼心事。她今天看起來好怪。」凱藍怕被雅禧發現自己不見了，匆匆掛上電話。

「雅禧學姐，走吧！」他緩聲喚道。

※※

與凱藍一起走向客運櫃台買票，此刻雅禧的心情的確像外頭的梅雨季一般，下著混亂狂暴的傾盆雷雨。

其實，今天是她研究所面試的日子。雅禧對凱藍撒謊了。

從昨晚開始，阿努就一通電話、一封簡訊也不回，臉書與LINE也已讀不回。她所認識的阿努，從來不是這麼高姿態又冷酷的男孩子。

即使雅禧傳給他的，都是些無關緊要的句子。「你吃飯了嗎」、「今天好像也會下雨呢」、「你今天有什麼課」，但其實雅禧真正想說的，卻是研究所的事。

極度緊張、極度惶恐，好不容易走到這一步，深怕自己落榜的恐懼每天都侵襲著雅禧。若是一間學校都沒上，那些一向羨慕自己的校園學妹，學生會中老愛與她競爭的同系同學，總拿她當炫耀焦點的家人們，將怎麼看待她？

但這些全都不能對阿努說。寒假時，雅禧就是每天重複著這些讓人沮喪又無力的話題，才讓阿努與她漸行漸遠。

多麼希望能每天聽到阿努簡單的鼓勵，不管是「妳可以的」，或者「加油」

都好。但阿努似乎完全將雅禧何時口試的行程給忘在腦後，這兩天也一句話都沒主動說，更不用說給予她鼓勵了。

「反正我根本就不重要了。這段感情就這麼不了了之？不行，這樣真的太丟人了。和阿努走在校園裡，感受人人稱羨的目光，我的大四畢業季本來就預設要這麼度過的！如今萬一落榜了，也分手了，豈不是留給學弟妹和同學們一種喪家犬的印象？馬上就要畢業了，誰不想風風光光地走？」越想越慌，連呼吸都在思考這些負面思緒的雅禧，根本不知道怎麼適當表達自己的無助。

今天意外地遇上了以前打過照面的帥氣學弟凱藍，自己的存在也反倒給他困擾似的。

只是好想找個人說說話，爲什麼這麼難？

雅禧一向不擅長和一群女孩相處。但雄性動物一向都很買她的帳，如今連凱藍卻一副想快點擺脫自己的模樣，讓雅禧受到不小打擊，腦海一片空白。

「我該不會……什麼都要失去了吧？」重複想著這個問題的雅禧，想找人傾吐，卻不知道要從何開始。或許，自己的抗壓性終究是太弱了，就這麼說出實情，絕對會被嘲笑的……

不知不覺，跟著凱藍走上光源微弱的客運。車子緩緩往校園出發，又要回到那個大家紛紛問著「考得如何」的世界去，但雅禧卻不知道自己能逃向哪裡。

「學姐，我想起來了。」鄰座的凱藍柔聲地說：「我記得政大好像是這兩天口試……所以，妳就只剩下這週末的最後一場台大口試要煩惱了吧？要解脫了呢！」

雅禧驚訝地回頭望著掛起清淡微笑的凱藍。

「你……你記得我的考試日期啊？」

「剛剛一直想不起來，但我有一個學長也是考同一間，剛看到臉書說，他結束口試了。」凱藍揮了揮手機，尷尬地笑笑。

雅禧比他更尷尬，原來自己的謊差點被拆穿了。

「嗯！今天我考完政大口試後，順便又多買了兩組套裝……最近折扣季，不買白不買，反正上了研究所就常常用到了……」

凱藍認真地凝視著她的眼睛。「嗯！上了研究所就可以穿了。」

他露齒一笑。「妳一定沒問題的，三場面試，三場都會上的。」

當雅禧意識過來時，她的淚水已經完全潰堤了。

她掩面，彎下腰，不想讓善良的學弟看見自己崩潰的模樣。眼妝的黑色污漬黏在手上，但心情卻意外地舒暢。

窗外，梅雨季的雷雨仍持續地墜落著，雨水重擊著客運巴士的車窗，車上也因此充滿了降溫過後的惡寒。

但雅禧的心底，卻終於泛起了一陣陣暖意。

凱藍任她掩面啜泣著，輕輕將自己的外套往雅禧單薄的背上蓋。

09. 燜燒極限降臨的五月

放榜季到了，雅禧的心情更加起起伏伏。首間放榜的清大，雅禧落榜了。阿努偶爾還是會想與她斷開聯絡。即使只是一、兩天也好，圖個清淨，對於大三下學期諸事纏身的阿努來說的確很需要。

初夏的來臨，是校園女孩大秀美腿的信號。莘兒也穿得越來越自信，雖然不到火辣的裸露程度，但也經常穿膝蓋以上的短褲、短裙，飄逸甜美的風格更加鮮明了。她也脫掉眼鏡，日常生活以隱形眼鏡爲主，露出細長的彎月雙眸。一頭長髮早已披肩，由於天氣炎熱，一向喜歡清爽感的莘兒，索性天天都將髮絲往上盤成日系丸子髮髻，露出白皙的脖頸。

怕曬的英文系女孩一到豔陽天，總是人手一把小摺傘，緩步走到文學院。

教室內，外籍教授和大家討論影片的內容，莘兒也專注地欣賞六零年代奧黛莉赫本的美貌。赫本式的前衛短髮，凸顯出她秀麗靈動的五官。班上也有幾位女孩子因此剪了短髮，寢室之間也掀起一陣赫本熱，甚至有女孩團購了赫本電影中戴過的假鑽項鍊、黑色連身裙。

莘兒一直覺得黑色連身裙並不屬於自己的世界，上課穿這種衣服不但突兀，私底下她也多半在忙著家教工作，沒空打扮成這樣。對於幾位英文系女孩約好了期末考完要互揪去夜店，莘兒也是一方面好奇，另一方面又排斥。

「最近怎麼覺得不是很滿足呢？家教兼得很順，缺錢的痛苦雖然在，但總覺得少了些什麼。」

莘兒仍常抽空回家，親手交錢給母親。她總期待能像以前一樣，在回程巴士上見到阿努。每當跟他聊上幾句，莘兒渾身都像汲取滿滿的動力一樣，神清氣爽，再大的難事都能一笑置之。

而莘兒日復一日地忙於課業、家教之間，偶爾回家也無法好好讓身心都安定下來，這樣的過程原本就會累積不少壓力，無處排解……

「莘兒！」ANDREW 開朗的笑容映入眼簾，他從文學院的停車棚將車子瞬間騎到莘兒身邊。「等等是通識課，我載妳吧！」

不知不覺，與 ANDREW 每週一起上通識課，成了莘兒最期待的事情。從一開始的雙方互載，再到課後的共進晚餐，雖然只是往返於文學院、商學院、學生餐廳之間，莘兒卻有一種出國渡假的悠閒感。每當她站在 ANDREW 的單車後座感受清風吹拂，便覺得心頭的重擔被瞬間滌淨了。

今天，ANDREW 也載著莘兒前去商學院大樓上這門通識。

這門「健康的婚姻關係」其實是門意外受歡迎的課，經過一番選課激戰才選到的，課堂上經常有專家視訊演講，或者收看經典電影。報告也非常輕鬆有趣，莘兒與 ANDREW 正好是同一組，彼此討論，進行作業時也毫無壓力，就像喝白開水一樣舒爽無負擔。

ANDREW 雖然皮膚白皙，卻是個不折不扣的南部人，海派樂天，說起台語時既豪邁又好聽。經過這一學期的相處，莘兒也感覺自己一步一步地更認識這位朋友。

然而，莘兒偶爾還是會在課堂中轉過頭，望向阿努的座位。從側面角度，多半只能看到阿努低垂的側臉，而他的表情經常是沒精神的，鬱鬱寡歡。

其實，莘兒很想用臉書傳幾句問候的話，但一想到好幾週前阿努女友的那抹殺氣笑容，腦中的任何念頭都只能打消。

將視線拉回講台上，莘兒嘆了口氣。

「怎麼啦？」ANDREW 問。

「沒有。」

「少騙我了啦！妳每堂課都一直望著阿努學長幹嘛？該不會……」

莘兒屏住了呼吸。

「該不會妳是想跟他打招呼，又不好意思吧？」還以爲 ANDREW 會說出什麼驚人的指控，沒想到只是一句平淡的推測。

「哎唷！放輕鬆啦！妳要想想，上學期迎新宿營，他還是我們兩個的隊輔呢！大方點打招呼不就好了！」ANDREW 直爽又遲鈍地露出笑容。

「看來他還不知道阿努跟我之間的交情，不只是小隊輔和學妹之間的淡薄關係而已……」想到這裡，莘兒就覺得自己十分矛盾。

也許，該試著將阿努看成一名普通的學長兼朋友。如果再這麼尷尬下去，心態又綁手綁腳的，很快地就會連問候的話都說不出口了……

莘兒鼓起了勇氣，對 ANDREW 說。「欸！那就拜託你了，等等下課，我們一起去跟學長打招呼吧！」

「好啊！真是的，這種事有什麼好鬧彆扭的。」ANDREW 少根筋地憨笑，繼續專注地抄講台投影片的筆記。

莘兒又悄悄別過頭，今天的阿努有些不一樣，總是穿著襯衫的他，竟然換上了球衣與球鞋，而且球衣還是統一訂製的系籃球衣。

「抱歉，這邊有人坐嗎？」一個姍姍來遲的男生走到莘兒與 ANDREW 後方座位，用氣音問道。

「沒有，請坐。」莘兒正覺得對方眼熟，ANDREW 率先回答男孩的話。「咦！這不是小正嗎？真巧啊！」

「哦哦！是 ANDREW 和莘兒啊！太久不見啦！」氣喘吁吁的小正抹去一身熱汗，開心地坐下。

去年聖誕舞會時，ANDREW 還找了小正與其他光電系的女生一起參加，當時莘兒也很愉快地和小正等人跳著舞，留下此生第一個不需打工的燦爛聖誕回憶。

「你怎麼流汗流成這樣，又這種打扮？有比賽啊？」ANDREW 問著一身藍色球衣的小正。

莘兒這才發現，小正與阿努都穿著一模一樣的光電系系籃球衣。

「是啊！我們一小時前打完的，因爲實在太熱了，我回宿舍洗個澡，就拖到現在了。」小正心虛地吐吐舌頭。

畢竟是下午的課，沖個冷水澡，再回床上躺一下，很容易就遲到了，小正的這番理由，莘兒並不意外。

「那……阿努學長穿這樣，也是要比賽嗎？」ANDREW 又問。

「對，中午那場他先讓給我們學弟打，增加經驗值，學長真是人太好了！」

小正感激地望著阿努的方向。

此時，阿努也注意到這票學弟妹的視線，不加矯飾地笑著點了點頭。

好久沒這麼與阿努四目相視，那雙友善的俊秀眉宇頓時讓莘兒失了神。

「欸！莘兒，聽到了嗎？我們今天也去看阿努和小正打球，幫他們加油啊！反正英文系也沒有系籃，沒有利益衝突啦！」ANDREW 陽光地提議道，轉頭又問小正道：「等一下是幾點要比？」

「下午五點，就是這堂課結束後。」小正分析道。「下場的對手是很強悍的電機系，我這種嫩咖應該會乖乖坐板凳，阿努學長是中堅球員，一定會上場的！」

「這樣啊！」莘兒故作鎮定地點點頭。即使ANDREW 的提議讓她心動不已，但莘兒的情緒卻仍回到了原點，到時候她該怎麼跟阿努互動呢？就這樣去看球賽，真的沒關係嗎？

算了，就當自己從沒喜歡過對方，反正阿努的女友一直都在他身邊，自己也不可能有機會，還是趁早死心，老老實實地和阿努當朋友吧！

莘兒握住筆桿，用堅定的神情望著講台，對於ANDREW的提議，她正面回答道。「好啊！等等就麻煩小正帶我們去球場囉！」

「嗯！」小正聽到有外系的朋友要來替自己系隊加油，整個神情都亮了。

「太好啦！我又抓到兩個觀眾了！」

「噓！專心上課，老師盯著我們看很久了。」ANDREW裝模作樣地說，回頭卻朝莘兒露出賊笑。

初夏的球賽，人人都希望自己抽到具備空調的體育館，可惜光電系與電機系的籃球對決，仍是於室外舉行。已經十分辛辣的五月黃昏，以橘金色的強光籠罩著球場。

阿努載著學弟小正，ANDREW 載著莘兒，兩台單車以飛速抵達場地。周邊已經聚集不少球員，而因爲賽程緊湊，只能熱身十分鐘就得上場，阿努一直沒機會跟莘兒說到什麼話。莘兒也始終用彆扭又緊綳的表情，回視著欲言又止的阿努。

系籃隊員們在球場上做著暖身舒展操，阿努與小正也急忙加入。一向純真又遲鈍的莘兒這才發現，原來看暗戀的男孩比賽是件福利很多的事。不僅可以看到他運動的英姿，更可以比平常更加大膽，且堂堂正正地觀看他的一舉一動。

想到這裡，莘兒臉紅地別開頭。

她對 ANDREW 交待道。「我先離開一下，比賽前會回來。」

「去哪裡？我載妳啊！」

原來莘兒是要到附近超商買運動飲料，她注意到方才阿努與小正雖然各自都有攜帶水瓶，但瓶身早已空了，而且室外的飲水機只有滾燙的熱水。

「買這個好了！」莘兒一口氣俐落地拿了好幾瓶冰涼的運動飲料，結帳時也帥氣地甩開自備的環保袋，種種魄力讓ANDREW看傻了眼，直呼佩服。

「哇！妳真的很會做事情耶……可惜凱瑟琳說妳很忙，不願幫系上做事，真是我們系上的損失啊！」回到單車旁，ANDREW的誇讚卻讓莘兒的心情變得污濁起來。

其實，同爲室友的凱瑟琳是學長姐眼中的寵兒，已經將大二新生訓練及迎新宿營的重責大任都交託給她。而凱瑟琳前陣子爲了物色自己的工作班底，拼命在系上找人手。雖凱瑟琳假借室友之便，邀了莘兒好幾次，但一想到大二的學費與家用沒著落，莘兒還是只能以「需要打工」的理由而拒絕。

系上每年都要舉辦的英文系傳情活動、義賣活動，和半年後的萬聖節舞會都需要同班同學的參與。放眼全班，幾乎每個人都選擇了至少一項的活動去付出，唯有莘兒就像個不沾鍋，什麼活動都不參加、不幫忙。

畢竟，莘兒知道，要籌備任何一種活動都不簡單，事先的開會及執行準備就要花費不少時間。人與人之間的合作，實際的內容執行也需要大量精力，莘兒實在無暇負擔。

「那種有活動可以跑的人，根本不瞭解我的困擾啊！一直邀、一直邀就算了，被我拒絕還在後頭說些有的沒的！啊我就是沒時間啊！」莘兒看著身邊各個人際小團體，都因爲共同舉辦社團活動的關係更形緊密。不但有同樣的目標、話題，彼此之間的羈絆也顯得更深，而自己呢？忙著賺錢、讀書已經壓力很大，戀情更遲遲沒有結果……

除了羨慕那些有閒工夫參與系上活動的同學們，莘兒更是感到自己正逐漸成爲一個難以滿足又孤獨的人。

ANDREW 載她回球場的這段路上，莘兒什麼也沒有說。既然知道 ANDREW 方才那番話是無心的，她就不必再去辯解、探問了。

「算了，我辯解給 ANDREW 聽又有什麼用？只是讓他爲難而已……」

「唰——」剛到球場，就看到一個帥氣的身影投出空心三分球，莘兒與 ANDREW 的情緒瞬間爲之一振！

「啊！是阿努投的！阿努帥啊！」眼尖的ANDREW已經歡呼起來，場邊的觀眾沸騰之際，也被ANDREW熱情的英文式歡呼聲給吸引。

大家紛紛將目光投射過來，畢竟對於這一大票光電系親友團來說，ANDREW與莘兒都是生面孔。

莘兒有些害羞地低著頭，跟著ANDREW走回球場觀眾席，坐下前，她將一大袋飲料交給板凳席上的小正。

「這是給你和阿努的飲料，其他人要喝也可以自己拿！」

「哇！謝謝妳！」小正感動又驚喜，莘兒送上滿滿這一袋，剛從超商冰櫃取出的飲料，對於口乾舌燥的他來說，真是天降甘霖。

「謝謝妳喔！各位！這是英文系大一的同學送我們隊的飲料喔！」

幾位學長紛紛轉過頭來，其中也包含許多莘兒在迎新宿營見過的人。「哦！原來是英文系的學弟妹，太謝謝啦！真有心耶！」

「對啊！倒是我們系上的學弟妹，什麼都沒帶！哈哈哈哈！」雖是玩笑話，但莘兒忽然被一大票男孩子感謝，只能臉紅地搖搖手，坐回觀眾席。

「學妹，真用心呢！」身旁飄來一個冰涼的甜甜嗓音。

「雅禧……雅禧學姐。」

「唉呀！好可愛，妳還記得我的名字啊？」雅禧遮嘴笑著，對莘兒點了點頭。「我們應該也只見過一、兩次面吧……抱歉，我倒是不知道妳怎麼稱呼耶！」

「莘兒。」只能乾癟癟地回應了。莘兒勉強打起精神苦笑。

在這裡會見到阿努的女友，其實是意料中的事，偏偏自己剛剛一直在恍神，就是沒猜中這個最糟的狀況……

「剛剛只想著將學長重新當成一個朋友相處，沒想到自己還是有了錯誤的期待，每次看到學姐，才會像看到鬼一樣……」莘兒知道自己此刻的臉色鐵定是一片慘白，便低下頭玩著手機裝忙。

「妳幹嘛？看比賽啊！阿努學長那麼帥！」ANDREW 費解地推著莘兒的手肘。

「嗯……」莘兒努力打起精神，卻覺得自己渾身發冷。

「叫暫停了！回來討論戰術！」光電系一連失去三分，隊長連忙召集場上球員回場邊休息，一看到莘兒買來的冰涼飲料，球員們十分雀躍。

「哇！誰啊！這麼貼心！」一位球員將飲料傳給阿努。

「阿努！」雅禧用甜美又高調的嗓音叫道。阿努放下莘兒買的飲料，轉頭看向這裡。

「看看誰來了。」雅禧笑著指向莘兒時，阿努的表情有些複雜。

雖然只是一瞬間的情緒，但阿努用不悅的眼神瞅了雅禧一眼，隨後才看向莘兒。

「嗯！」他面無表情地朝莘兒打了個隨便的招呼，低頭繼續與隊員討論戰術，偶爾含住幾口運動飲料，眼神也有些渙散。大概是比賽嚴重耗費他的心神，又或許不願在兩個女孩面前多做情緒的表達，此刻的阿努，只露出極度的疏離。

這個如悶燒鍋般，讓人窒礙難行的初夏，才正要開始。

10. 地心引力般的六月

夜景中的花園地燈隨著月色搖曳，綠色庭園後頭，是一棟方正的紅磚義式餐廳建築。

雅禧穿著雪白蕾絲洋裝，秀髮纏成公主頭髮辮，頭戴水鑽蝴蝶髮飾。她笑臉盈盈，幸福洋溢地望著身旁的兩個男伴。

「恭喜妳考上政大和交大。」凱藍、阿努舉杯。

「謝謝──」雅禧甜膩膩地點點頭，拉長了尾音。

雅禧指明自己的慶祝會，要開在這棟曾有偶像劇前來拍攝過的餐廳。而阿努之所以答應讓凱藍來，一方面是自己已經不想單獨和雅禧相處太久，另一方面是想跟學弟敘敘舊。

雅禧所考的學校都已完成最終放榜，落二中二的表現其實已經可圈可點。阿努也不願再等待分手的時機，便三番兩次暗示雅禧，可以主動提出分手。

「我認爲自己配不上妳，往後我只能回去繼承家業，妳還要念書、出國、享受大好人生、成爲國際商場上的漂亮女強人，甚至被刊登在時尚雜誌。這些都是妳的夢想，不是嗎？」阿努故意引用雅禧所親口提過的嚮往，來給予她和自己分手的理由。

「而我這種只能回鄉下經營農產品的人，到時候一定和妳話題越來越少。也沒辦法陪妳在世界各國飛來飛去，享受良辰美景，更沒辦法在妳身邊給予專業的幫助。當妳像先前考試需要人耐心開導、打氣時，我也只能跟妳說句簡單的加油……」

當時雅禧剛從自己外宿的套房浴室洗完澡出來，髮絲都還沒擦乾，一聽到阿努這番嚴肅的告白，她臉色一沉，單刀直入地問：「你想跟我分手？」

「我沒有這樣說。」阿努小心翼翼地說：「只是覺得自己配不上妳。妳再二十天就要畢業，暑假還要去倫敦，我卻已經要回鄉下了，往後的差距可能只會越來越大。」

雅禧憤怒地將毛巾擲到阿努腳邊。「你說自己配不上我？我從來沒這麼想過！倒是你，若真的認爲自己配不上我，就要更努力啊！先前邀你一起開車出去環島，暑假的倫敦也有邀你一起去，但是你每次就是拒絕、再拒絕啊！說什麼考試時也只能對我說加油……那是因爲你懶得關心我，不是嗎？說來說去，都是你的話！」

當時，阿努靜默地撿起雅禧丟下的毛巾，退回房間一角，在雕花壁燈旁坐了下來。他當然很想一走了之，但阿努堅持苦撐著，是希望問題拖到當晚，就能有結論。

「絕對不能走，沒有逼她主動提分手前，我絕對不能走。真的不想再拖下去了，之前那種精神疏離的折磨我都忍過來了，今晚被吼被打也不算什麼了。」

阿努展現出自己從未想像過的堅定，蹲坐在雅禧的緹花床鋪旁，他望了一眼身旁的壁燈，又怕自己坐在這裡太危險，索性又換了個位置。

雅禧歇斯底里地罵完之後，嘆了口氣。

「算了，你既然已經自己放棄這段感情，你這種男人，我也不想要了。」她哭紅著雙眼，背過身去。「走吧！你得到你要的答案了，不是嗎？」

「妳會沒事吧？」阿努心疼地站了起來，他是第一次見到雅禧這種崩潰咆哮、又哭又罵的可悲模樣。

對於自己將好好一個校園人氣女孩，弄到此刻這番德性，阿努除了心疼，更是滿滿的愧疚。

他遲疑地往雅禧走了一步，但最終仍推開房門，走了出去。

一呼吸到雅禧套房外的新鮮空氣時，阿努整個人才像大夢初醒，正想釐清此刻的心情，眼淚已經掉了下來。

「謝謝妳，對不起……」阿努腦海中看見的，是當年如女神般蓄著郭雪芙式的甜美短髮，一身飄逸裙裝，主動走來對他搭話的雅禧身影。

「嗨！學弟，光電系的嗎？」雅禧當時的輕盈語調，阿努還記憶猶新。「我可以坐你旁邊嗎？」

當年他們是在一場露天廣場舉辦的學生餐會認識的。阿努坐在噴水池欄杆旁，顧不得身旁還有其他同齡男生，雅禧就這樣笑著加入他們的談話，舉手投足都是這麼得體迷人。

「對不起……」阿努回到現實，冷靜地站在雅禧的套房前，門板後傳來的啜泣聲，他再也無權過問了。

寧願都當作是他自己的錯吧！阿努拔掉鑰匙圈上，那串掛著小熊玩偶的雅禧套房備用鑰匙。

「還是趁早分開，以免傷她更深。」阿努將鑰匙輕柔地推入門縫處，邁著沉重的步子回到宿舍。

然而，他一開臉書，就收到一個意想不到的訊息。是雅禧傳來的。

「分手可以，但是至少在畢業前夕，不要讓任何人知道我們的感情狀況，畢竟這是我們兩個人的事。這點，你可以做到嗎？」

阿努一開始仍不明白雅禧的意思，直到雅禧仍找他參加自己的畢業謝師宴、畢業舞會時，阿努這才瞭解，雅禧是要他陪她演出最後這幾齣戲。

身爲校園風雲人物，卻在畢業前夕形單影隻，一定會引來朋友甚至學弟妹的好奇追問，這種時候，無論說不說謊都只是更讓自己難堪。對於雅禧這種重視面子的大家閨秀而言，更是奇恥大辱。在雅禧眼底，擁有美好的戀愛對象，不只是高貴的附屬品，更是面子的象徵。阿努倒沒想過自己還真值得雅禧如此費心、緊抓不放。

「你也不要太快跟任何女生在一起，忍耐一、兩個月應該不難吧？至少等我去英國再說，到時候大家都各自有新生活了，也比較沒有人會關注我了。」當雅禧提出這種進階要求，阿努也不意外。

當然，他感覺糟透了。當初與雅禧交往時，他只見到一個瀟脫自在又迷人的學姐，即使是女孩倒追，雅禧卻處處顯露出帥氣與自然。但阿努萬萬沒想到，雅禧是這種女演員般的女人。

是不是一到了大四這個畢業門檻，人都會有所轉變？阿努無法預見一年之後的自己，心中唯有迷霧般的不安。

於是，阿努乖乖換上了出席謝師宴的西裝，任憑自己在校園粉絲專頁中，被學生會貼出與雅禧手勾手穿著情侶配色禮服的照片。

阿努更陪雅禧參與了畢業舞會，但每當他望向雙方共同朋友的眼眸時，都覺得自己在撒一個可悲的謊言。

這些高調的舉動，莘兒不可能不知道，但阿努認為此刻的自己，也沒有立場去主動接近她了。

「就先忍耐吧！」阿努心想，至少分手後最大的好處，就是只看得見雅禧虛假的幸福笑臉，聽不到她充滿指責的咆哮。

雅禧的奪命連環叩也停止了。她的臉書上除了每天打扮得美美的最新穿搭照之外，也多了英國旅行的各種知識連結。當然，政大、交大的校園美景也少不了，彷彿是怕追蹤自己臉書的網友們，忘記她是個名校上榜生。

種種跡象都顯示出，雅禧的重心已經不在自己身上了，阿努真是鬆了口氣。

至於今晚的晚餐，爲什麼會找凱藍一起參加？這其實也是雅禧的點子。

「事到如今，我想你應該也不想跟我單獨相處太久吧？」雅禧不卑不亢地在電話中闡述著自己的理由。「凱藍一直都是我們共同的朋友，他很會調劑氣氛，人又很有趣，再加上他在學校內也是人氣王。如果我們瞞得住他，凱藍應該也會不知不覺替我散布一些討喜的消息，這樣我就不用擔心自己無法風風光光畢業了。」

「隨便妳，我都可以。」阿努只能這麼接受了。

但當凱藍妙語如珠的話題一開，阿努也不得不打從心底接受，雅禧找凱藍來當電燈泡，其實是非常好的主意。一來，免去阿努與雅禧面對面的尷尬，二來也有一種校園世代交替的感覺。三人自在地談著大四、大三、大二等不同年級的話題，不但達到訊息的更新，也讓阿努聽到不少實用的校園情報。

誰下學期將出來競選學生會長、誰會去爭取運動經費補助、誰與誰又交往了、將聯手策劃什麼樣的大型活動……阿努仍對這些資訊很感興趣，凱藍的靈通新聞網，也往往讓雅禧與阿努都聽得津津有味。

中間，雅禧暫時離席去化妝室，桌旁只剩阿努與凱藍，兩個男孩大口嚼著披薩。

「啊！雅禧學姐還真是風光到最後一刻，大四能像她一樣，把想要的事物都得到手，可說是很幸福吧！面對未來，也少了很多迷惘。」凱藍雖然只有大二，心態上已經十分早熟。

看他感嘆的模樣，阿努自己十分心虛。「唉！人生還很長，還要看往後的五年、十年呢！」

「話說回來，雅禧學姐考上政大，也上了交大，但她到底想要念哪間學校呢？畢竟學風、環境資源都不一樣。」凱藍認真地問著阿努。

不愧是未來想跑新聞的男人，阿努胸口一緊，彷彿芒刺在背。

他怎麼可能知道雅禧到底想念哪間學校？雙方早就分手了，這種心裡話，也不可能再去談了。說實在的，經過最近這一次次的逢場作戲之後，阿努覺得自己甚至無法和雅禧只做普通朋友了。

連單純聊聊彼此未來想做什麼，都是不可能的事。

這一頭，凱藍銳利而真誠的眼神仍在等待阿努的回答。

「嗯……我想應該是交大吧！畢竟雅禧的叔叔和嫂嫂都在交大任教。他們在新竹有空著的別墅，在青草湖那裡，雅禧先前說過想在那裡開始碩士生活，聽說風景不錯。而且，雅禧一直都很喜歡交大的務實簡樸學風，那裡男生也很多，她應該會很受歡迎吧！」阿努說服著凱藍。

「哈哈，學姐要受歡迎幹嘛？她不是有你了嗎？」

「也是喔！哈哈哈！」阿努只希望凱藍快點忘了這話題。沒想到雅禧回座後，凱藍不知道是故意，還是單純少根筋，竟然又再度發問。

「學姐，妳決定好要念政大還是交大了嗎？要快點決定啊！否則等備取的人會很痛苦的。」

「哦！當然是政大啊！政大商學院是一流的，也有很多與國際接軌的窗口！」雅禧不加思索地回答時，阿努在一旁嚥下一大口冰茶。

「而且，我早就決定好念政大啦！五月底就回覆他們了，現在只差書面報到，拿到畢業證書後就可以把程序跑完了。」雅禧對凱藍微笑，絲毫不知道方才阿努才對他說了相反的答案。

「嗯嗯！政大很適合學姐啊！」凱藍瞇眼笑道，靈活地轉換話題。「美女很多，學姐一去，大家都可得小心了！」

「欸！你嘴巴長螞蟻囉！哈哈！」雅禧得意地笑道。「阿努你看，你學弟也太會講話了吧？他到底拐到女孩子了沒？」

「是啊！你奮鬥很久了，不是說想在大三前定下來？有對象了嗎？」阿努也連忙將話題猛速推到凱藍身上。

「哦哦……這種話題和學長學姐講，也太不好意思啦！」凱藍苦笑地搔搔頭。

氣氛終於恢復正常了，阿努心想，大概凱藍也發現不對勁了。他是個敏銳且善於觀察的寫作者，更是校園中的風向球，不可能不知道雅禧想隱瞞什麼。

只是，雅禧原本的計畫就要破滅了。該警告她嗎？還是裝做不知道？

「我已經盡力了，不如……就什麼都不說吧！」阿努又開始啜飲著一口地中海涼茶。

「哦！學弟，你這樣不行啊！喜歡就要大膽一點啊！」餐桌的那頭，雅禧還在與凱藍有說有笑，對學弟的私人感情說三道四，阿努看了只覺得滑稽。

這場飯局就這麼結束了。下次見面，或許會是雅禧搬家的那一天吧！由於雅禧的套房公寓多半住著與她熟識的學妹鄰居，身爲「男友」，似乎也得將戲演到最後。

他倆搭雅禧的車回市區吃飯，回程由凱藍駕駛，凱藍與雅禧仍繼續閒話家常，阿努則在後座低頭滑著手機。

他的 LINE 上，跳出莘兒的訊息視窗。

「已經六月初，最近好多人要畢業了，忽然有點開心，學長還沒有要畢業。」

莘兒用了一個臉上帶著紅暈，手拿粉色氣球的小兔子作爲表情貼圖。甜蜜的訊息，讓阿努驚喜地笑了。

他忽然覺得莘兒真好，比自己勇敢多了。其實，自從上個月那場球賽之後，即使在課堂上，莘兒也有好一陣子沒主動打招呼了。或許是在避嫌，又可能是在生氣，更有可能的是，也許雅禧對她說了什麼失禮的話。

阿努知道自己是喜歡莘兒的，而他的確花了一段時間才弄懂，自己在什麼樣的女孩身旁最抒壓、最開心。即使莘兒的外表一開始並不吸引他，卻十分耐看可愛，越來越有魅力。

而這樣的莘兒，竟然會主動開話題找他聊，用的還是這種即使不回覆，也不至於太尷尬的甜美問候語，真是個 EQ 很高又懂得試探的女孩。

阿努率直地回訊道：「謝謝妳，往後還有一年的時間可以在學校相處喔！妳暑假有打算要做什麼嗎？」

※※

半小時前，剛洗完澡在寢室電腦前坐下的莘兒，收到了凱藍傳的臉書訊息。

「我跟妳說，阿努跟雅禧八成是分手了，前提是，如果這個情報對妳有用的話。」

她不訝異凱藍知道她對阿努的心意，凱藍和阿努一向感情很好，兩人多次聊天和一起運動時，莘兒都常常從旁邊經過。她對阿努打招呼的態度，總是彆扭中帶著羞澀，與和凱藍的態度完全不同。凱藍這種周遊花叢的滑頭大二男生，不可能什麼感覺都沒有。

大家都知道，只差不說破，這似乎也是校園感情中的潛規則。

但莘兒也不是傻女孩，當然得再求證一下消息，於是反問凱藍。「爲什麼知道他們分手了呢？」

「剛剛才跟他們吃飯，阿努根本連雅禧最近在做什麼都搞不清楚，雅禧也一直跟我講話談笑，把阿努晾在一旁。這對如果還沒分，應該也快了。」

凱藍還真是個溫柔的男孩，原本以爲他只是想看好戲，但從他認真回答自己的態度來看，凱藍的確是真心想幫上忙。

談戀愛，時機很重要。莘兒先前就常在不對的時間點加速，該積極的關鍵時刻又拉開距離，也因此，戀情往往一波多折。

「謝謝你跟我說。」她簡單地回訊，畢竟此刻表現得感激涕零，對情勢也沒有幫助，而凱藍也不是爲了要聽她的感謝，才默默幫忙的。

莘兒就這麼打開電腦版的 LINE 軟體，與阿努傳起 LINE。

同一時間，方回到寢室的雅禧，打開了臉書。

她望著「感情狀態」的「穩定交往中」，發了半晌的呆。最後，雅禧將頭髮撥到耳後，喘了口氣整頓心情。

「在畢業前夕，我選擇與阿努分手了。謝謝大家對於我這段戀情的關心。」

她緊繃著臉打字，彷彿記者會上的女明星要宣告什麼般，既要保持豁達、優雅，又要將事實包裝得更成熟好看……。

最後，雅禧又煩躁地將螢幕的字全數刪除。

11. 綠金色的幸運暑假

暑假了！返鄉第一天的火車上，望著窗外綠油油的稻田，阿努有種終於鬆了口氣的感覺。他其實很愛沿途美麗的西海岸景色，只是過去返家都是抽空居多，且多半分心想著學校或雅禧的事，很少專心欣賞風景。

現在，一切不同了。

放假後，離開了宿舍，抽離了學校生活，阿努越來越認真地思考，自己所要的是什麼？為什麼回鄉接掌父親的事業，會讓他如此不快樂？是因為從小到大就被灌輸許多壓力？還是因為身旁的同學都喊他小開，反倒讓他不是滋味？

或者，只是因為自己對父親的工作不夠熟，熱誠與興趣才遲遲出不來？

當然，那些不愉快的原因都還在，而阿努也始終沒有找到自己更想做的職業，更不知道該拿什麼理由說服父母。以往寒暑假，阿努總是刻意替自己排滿了學校事務與營隊活動，寒宿、暑宿都是家常便飯。

然而今年夏天卻不同。是時候面對自己未來一輩子的工作了。阿努期許自己，乾脆用這個夏天，好好瞭解父母平常在公司的每一天。

知道阿努要回來，家鄉的父母、長輩、公司的叔叔嬸嬸們都十分歡迎。一大群人甚至到火車站接他，惹得街上的路人還以爲阿努是做了什麼大事，衣錦還鄉。

「我們家兒子喔！最有愛心啦！平常寒假、暑假都在幫助弱勢家庭的小孩，不然就去山上教原住民小朋友上課，就今年吼！知道自己要轉大人了，再一年就要畢業了，終於願意回來實習了！」駕駛著藍色貨車的阿努爸爸邊開車，邊高聲跟身後坐在載貨處的叔叔嬸嬸們炫耀。

「不要講了啦！」阿努一臉困窘，與叔叔嬸嬸共擠一台卡車，在烈日下充分感受到返鄉的熱情與壓力。

「哎唷！少爺回來接管事業了啦！沒有問題的啦！」公司裡的婆婆媽媽們對著阿努的肩膀又拍又打，阿伯、阿叔則開了啤酒，在晃動不已的卡車後方與阿努乾杯。

大夥兒就這麼吵吵鬧鬧地回到公司。阿努放了行李，下午就上工。他擁有自己的辦公桌，緊鄰在課長叔叔桌邊。公司裡全是群四、五年級的長輩，有些是具有血緣關係的親戚，其餘則是從小看著阿努長大的長輩。只有阿努一人是八年級生，相處起來雖然不至於拘束，卻也自在不到哪去。

開工的前兩天，阿努跟著企劃部的老朋友一起去談業務，站在田埂、果園曬太陽，聽農民們抱怨收成不好。阿努這才意會到，這樣的工作其實就跟他過去所熟悉的營隊工作一樣，能貼近人群，幫助他人。

只是，阿努仍不習慣上一輩的做事方法，許多地方輕則被取笑，重則被數落。要是價值觀有更大的差距，阿努爸爸也會在眾人面前以毒舌教訓孩子。

在家裡住了兩週，媽媽也開始嫌棄阿努洗碗的姿勢，唸他晚上太晚睡，早上才會沒精神。上次被這麼碎碎唸已經是高中時的事了，阿努很不習慣這種從早到晚，都必須跟父母關在同個空間的生活。不管他做什麼，或者不做什麼，長輩們看在眼底都會唸、會講。雖然是無惡意的話語，但父母開口十句有九句就是數落、指責、批判，阿努還是個需要肯定、包容的年輕人，怎麼可能習慣？

「爲什麼老用那種方式講話！一想到一輩子都得這樣相處，真的是眼前一黑！」在鄉下待到第三週，阿努深刻體會到「住家裡的孩子惹人嫌」。

距離產生美感，以往久久回家一次，父母總是甜言蜜語，設宴擺桌，讓他覺得回家像渡假。而當每天生活、工作都在一起，阿努的一言一行也被放大檢視，相處的機會忽然變多，摩擦自然也瞬間增多了。

好不容易熬到難得的週末，阿努還得陪父母去拜會各個果園大戶。

「唉呀！真是稀客！阿努，長這麼大啦？真是一表人才！要回來幫爸爸開公司啦？」熟識但叫不出名字的長輩們總是很熱情地稱讚阿努。

「唉！說得這麼好聽！這孩子什麼都不會，就只會扯公司後腿，未來要請你們多包涵了！」父母謙虛的方式，讓阿努聽了很不是滋味。

雖然知道彼此都沒有惡意，但阿努與父母親每天總會起好幾次口角。有時是語氣問題，有時則是扯回舊帳，落落長講沒完。

「你這種吊兒郎當的態度，在學校怎麼交得到朋友？沒出息，難怪人家雅禧跟你分手！我看山上那些原住民小孩，你也是隨便亂教吧？見到長輩，連話都不會講，我就不信你能幫人家小孩上什麼課！」

話說重了，阿努一開始還會隱忍，後來卻也忍不住頂嘴起來，把爸媽氣得高聲抱怨，說自己心臟病要發了。

好不容易迎來返鄉後第三個短暫的假日，已經習慣早起的阿努，隻身騎著單車，到稍微熱鬧一點的街區走走、逛逛，即使是踏進簡陋的書店翻翻雜誌，都讓阿努感受到片刻自由的可貴。看著雜誌上介紹的手機APP，阿努也不禁拿出手機。

進入暑假之後，一向安靜得過份的手機，也該做版本更新了。阿努連上網，刷新了照片社群「Instagram」的相簿，發現一個戴著平底草帽的美麗女孩大頭貼，方才更新了貼文。

「這是誰啊……莘兒？」

莘兒開通這個帳號時，好友人數才維持在二、三十人，當時她偶爾也只是貼貼自己煮的晚餐側拍照片，沒想到這個夏天，她已經更新了數張露臉的甜美自拍。最新的一張是在台中國美館前，與巨大裝置藝術的合影，莘兒穿著短袖白洋裝，藍色緞帶的平底草帽，襯托出她雪白靈動的臉蛋。

「哦！她去台中玩了啊？」

阿努的心中，泛起一陣漣漪。此刻，他身處的寂靜鄉間書店外，刮起了夏日特有的山嵐……

※※

「學長！我在這裡！」才剛走出台中火車站，阿努就看到莘兒對著自己揮手。

「好，小心車子啊！」看見莘兒顧不得快點飛奔到自己身旁，快腿跨越斑馬線的模樣，阿努感覺胸膛一緊。

「好久不見！」他眯起眼笑著，莘兒也以同樣的表情回應他。

「真的是好久不見了！從搬宿舍前我請你吃飯那次，已經有一個月沒看到了。」莘兒俏皮地吐了吐舌頭。「唉！真是好久喔！」

「哈哈，我也是，度日如年啊！」

雖然不知道阿努回應的是針對他在家中公司實習的事，還是指想念自己，莘兒曖昧地笑了笑，指向站前的公車站牌。「我們去那裡等公車吧！」

阿努是臨時興起，花了兩小時搭車北上到台中，此刻雖已經是下午四點了，但和莘兒好好吃個飯、逛個街的時間還是有的。

「暑假過得還好嗎？」

「嗯！因爲待在家裡好悶、好煩，整個人覺得好沒價値，就自己出來透透氣。」莘兒一說完，阿努感同身受地用力點頭。

「天啊！我也是一樣耶！爲什麼會這樣，回家待久了就被嫌，沒回家的時候明明還被當成寶，到底是怎麼回事？」

「對啊！我已經很努力了，也一直很忍耐，但不管做什麼媽媽都不滿意，開口就是批評，根本聽不到她說任何沒攻擊性的話。」莘兒雖是用開玩笑的語氣說的，心情卻很沉重。

一面交換著共同的話題，阿努和莘兒到達人擠人的一中街，各式冰品的叫賣聲此起彼落，阿努索性也拉著莘兒進去店頭坐下，緩口氣。

莘兒點了紅豆泥布丁雪花剉冰，阿努則吃著芒果冰。

「啊！這芒果好多纖維啊！而且有點硬，不知道是不是冰太久了。」阿努露出了苦瓜臉。

莘兒呵呵笑了出來。「沒想到學長也開始有職業病了，一定是在鄉下吃了太多好吃的水果，變得挑嘴了。」

「哈哈哈哈，真的是這樣嗎？」阿努爽朗地放聲大笑，好久沒這麼暢快地鼓足中氣笑了。阿努以前從沒想過，開懷地笑，竟是如此奢侈的事情。

「學長，若你以後不走家族事業，會想做什麼呢？」

「我……」阿努皺起眉苦笑。「哇！妳還真問了個好問題。」

莘兒此刻的疑問，一直以來皆無人過問。

阿努天性樂觀陽光，社團活動樣樣都行，又被視為小開，因此這種攸關未來前途的疑慮，同學、師長從沒過問。或許是對他放心，也可能是外人純粹沒想從這樣的角度瞭解阿努。

「我……其實真的不知道，自己未來想做什麼。」阿努語重心長地放下了餐具。「抱歉，妳大概覺得我很沒出息吧？都要大四了，還說這種幼稚的話……剛剛也一直對妳抱怨我家裡的事……」

「沒有。」莘兒搖著頭，秀髮甩在白嫩的肩膀上。「我才不會這樣覺得呢！只是……以前我打工時也是這樣，一開始都想著『有人要僱用我，給我薪水已經很幸運了』，其餘就沒有多想……總是每個工作待了一個暑假，就開始期待開學的來臨，直到我找到家教工作，才覺得我真的很喜歡教導別人、很喜歡準備教材、很喜歡改題庫、蒐集資料！」莘兒眼神發亮的模樣，讓阿努深深感到敬佩。

「真的，我先前也聽過妳上的課，真的好棒，好羨慕妳找到自己擅長又真心喜歡的事情。我大概，從來都沒有過這種感覺吧……」

「會嗎？」莘兒瞪大眼睛。「可是，學長很樂於助人啊……」

「說真的，我一開始會接觸弱勢兒童，只是很自以為地想做好事，當然，幫忙別人也很開心。但我坦白跟妳說，當我看到他們出身的環境及受到的教育，都是那麼貧乏之時……我真的慶幸在心，還好，還好我不是他們。」

阿努的臉上出現了深沉的歉疚與自責。「每當看到他們，我甚至會覺得，自己生在這種什麼都不缺的家庭很幸福。就連現在面對『就業荒』，我同學也都說我最好命，什麼都不用想，乖乖跟著家裡就不會失業了。這次暑假回去，雖然我不討厭這份工作，但……也不到非常喜歡，喜歡到非得做一輩子不可。」

莘兒默默地望著落寞沉痛的阿努，也注意到他的雙拳緊握，想必光是說出這番話，他的內心就歷經了劇烈的掙扎……

「但，妳若問我未來想做什麼，什麼才能讓我真正快樂的？我真的也不知道。」

阿努是豁出去了，眼前的他，是這麼柔弱又無奈，莘兒卻覺得彼此的距離前所未有地近。

她輕輕伸出手，疊在阿努的拳頭上。「沒有關係呀！你才二十一歲耶！未來不是還很長嗎？」莘兒爽朗一笑。「沒有特別喜歡的事也沒關係！慢慢找出來不就得了？我先前也是打過很多狗屁倒灶的工，受了很多氣，才發現家教工作是我的最愛！」

阿努驚訝地瞧進莘兒認真的大眼睛，她沒有說謊，反而是瞬間簡化了他的難處。

「慢慢找出來……」阿努喃喃地說。「慢慢找出自己想做的事？」

「對啊！」莘兒微笑。「學長你不是有很多喜歡的事嗎？至少喜歡幫助別人，這點不會錯吧？如果在家裡工作並不快樂，你就努力找一個絕對能離開家裡，又能幫助別人的工作啊？再說，你是剛要升大四，又不是已經要畢業了！」

莘兒直爽又燦爛無邪的表情，讓阿努有醍醐灌頂之感。

「你想想，也是有很多畢業生，都邊走邊看，騎驢找馬地工作，人家也是很開心啊！你還比人家領先一年想到這個問題，真的沒必要太擔心啦！而且，你也給自己和家人機會了，的確有回去試著做做公司的工作。但既然這麼不開心，又何必要堅持下去呢？至少你已經少走一大段冤枉路了！」

雖然莘兒說的話，在阿努看來十分天真爛漫，但她眼底的自信與歷練，卻頗具說服力。莘兒身上，似乎有一種簡化問題的魔力，讓阿努心底的陰霾逐漸散去。

雖然還不能確信自己是否會對莘兒說的話全盤買單，但這卻是很好的想法。

「我明白了。」阿努嚴肅地點點頭。「這個夏天，我會先從找出讓自己快樂的事情開始。還有一個多星期就八月了，也許充分規劃的話，我的暑假就不算白費了。」

「嗯！就這麼做！」莘兒清新地應聲道。

阿努返家過後，在網上搜尋到一組國際義工營隊臨時缺人的消息。他隔天就向父母親辭別，北上到桃園受訓。

兩週後，阿努飛往柬埔寨開始了義工工作，替當地孩童建築房舍與學校。

過程中，他也與人在台灣，繼續打工存錢的莘兒保持聯絡。這個暑假，說長不長，卻是阿努上大學之後最辛苦的一個暑假。

但，也因爲認真地揮汗過，阿努更明白自己是爲何而苦、爲何而勞。

他決定用全新的心情，迎接大四。

12. 充滿升級與更新的九月

升上大二了！九月一開始，當莘兒還沉浸在成爲學姐的興奮感之中，卻發現自己一個學弟妹都不認識。在路上行走時，莘兒就像空氣般，臉上洋溢著青春新生之光的學弟妹，永遠只認得英文系大二那些曾參與新生訓練營隊，及迎宿活動的幹部學長姐，而ANDREW、莎莎、凱瑟琳，莘兒也發現自己越來越少見到他們，偶爾一起同行上課時，才會順道與他們打到照面。

「嗨！學姐！」學弟妹永遠是先看向莘兒身旁的其他同學，最後才驚鴻一瞥地瞧向莘兒，用充滿狐疑的眼神匆匆走過。

「也難怪，我什麼活動都沒參加，他們怎麼可能對我有印象。」莘兒自覺沒趣。但每天看著其他人享受與學弟妹相處的樂趣，比著誰知道哪位學弟妹的私事、八卦，莘兒當然會覺得自己一點存在感也沒有。

「LEO學弟真的超帥氣的！而且他的手指好長喔！感覺就很會打籃球！」

「妳想的才不是打籃球咧！」

「好色喔！噁心！我哪有想什麼！」當然，課堂角落裡，一群失心瘋的學姐們，也將那些外表特別耀眼的學弟妹一一拿出來當話題。

「這樣說三道四好像有點不妥……」莘兒也只好往道德方面找碴，在背後碎唸幾句。

「唉！真不知道去年這時候，學長姐說了我什麼。」身後傳來ANDREW的嘆息。莘兒一聽，噗哧一笑。

「絕對不是說我帥、手指長，而是說我像小白鯨吧！」ANDREW替學弟抱不平，索性開碜喊道：「喂喂！不要在那邊意淫我的直屬學弟！誰在那裡亂開話題，我就告訴學弟，叫他提防妳們這群瘋女人！」

一群愛面子的大二女生連忙打住，頻頻搖手。「不說了！不說了！」

「哇！妳已經有VIVI學妹的臉書囉？這麼快！我覺得她好漂亮，比當年的凱瑟琳資質還好，根本都不用化妝啦！皮膚太完美了！」

「眼睛還是有差啦！我們大二都很會畫眼妝了，相較之下，大一就只能靠素顏啦！」

聊不了學弟，一群學姐又改聊著學妹，順便講講「當年老」，其實也不過是一年前的事，卻感覺有這麼久了？莘兒苦笑地想，女人真是會倚老賣老，卻又不服老。

不過，說到老，莘兒也發現班上同齡女孩比起大一時更懂爭奇鬥艷，個個都化了妝，經常臉色看起來霧白一片，關於這點，莘兒也知道答案。

大二的課業，教授們多半開始要求特別嚴格，再加上班上同學每個都身兼多個社團活動，彷彿越晚睡就人脈越廣、越有出息似的。最近莎莎和凱瑟琳也搞到經常兩、三點才就寢，早上八點的課勉強定鬧鈴起來，身體都快撐不住了。雙眼浮腫無神、眼睛圈也出現了，長期外食，蠟黃暗沉更是免不了，只得往臉上多添幾層粉。

「也才二十歲，皮膚就需要上這麼多粉啊……」莘兒一開始還覺得好奇。但每天看到凱瑟琳很晚才拖著殘妝回寢室，書桌、衣櫃爆滿，也亂得沒時間整理，莘兒這才相信，原來忙碌的生活有這麼可怕。

前陣子，莎莎才累得從腳踏車上摔下來，讓莘兒震驚又心疼。

「妳們這屆是怎麼回事！爲什麼學校的國際慈善義賣活動交給妳們，卻一延再延？聽很多外籍老師反應，妳們上課也常常睡成一片，九點的課還有人邊吃早餐，邊遲到走進教室！不用說多久以前，去年就好！妳們學長姐們在去年這時候，可是又會念書、又會辦活動，妳們最好自己集體檢討一下，是出了什麼問題。」系院會時間，系主任用英文大罵道。

其實，這的確跟能力有關。據莘兒所知，光是最近開學初的兩個活動，大二的幾個負責人就頻頻出包，甚至還因爲幹部鬧不合，換了兩次負責人。凱瑟琳也經常和系學會的人鬧不愉快，彼此在臉書上用英文互酸。而莘兒每天都聽著他們彼此抱怨，卻無法全盤瞭解到底誰對誰錯。

「妳倒是過得很爽嘛！」凱瑟琳偶爾也會把砲火掃向莘兒。「妳什麼活動都不參加，都不用犧牲、不用管，每天睡覺、賺錢就好了。」

的確，當凱瑟琳還拿著筆電到處跟活動各組的人開會，或忙於大二的必修課業，餓得沒時間好好吃晚餐時。莘兒老早在傍晚四點就回宿舍，悠悠閒閒煮飯吃，吃飽後照常坐公車去市區教書。晚間十點回來洗漱之後，還能上網玩個臉書，舒舒服服地從晚間十二點睡到早上八點。如果碰上莘兒得去早餐店打工的日子，雖然要起早，但她會調整作息，晚間十點就上床。而這時候，凱瑟琳與莎莎她們還一身臭汗地與迎新宿營合作的男孩子開會，及忙著練開場舞呢！

「是妳們自己選擇要這麼忙的啊！忙的結果換來學弟妹的欽佩，在路上被叫得出名字，這也很好啊！」面對凱瑟琳的遷怒，莘兒也很無奈，但老實說，她每當看到身旁的同學忙得如此天翻地覆，甚至惹得系主任公開指責全班，莘兒倒也十分心疼又無奈。

「不過，我光是忙自己的事情就很累了。媽媽最近又伸手拿錢，說家裡洗手間想換磁磚，原本的老是滲水，這種裝修的事情要花掉我不少儲蓄。下學期的學費也讓人很擔憂啊！」並不是能輕易同情他人的立場，一想到這點，莘兒也覺得無能爲力。

對於系上的人際關係，莘兒只好試著不抱太多期待。雖然對於新學期凱瑟琳爲什麼仍會選擇她當室友，莘兒很好奇，她自己卻也因爲懶得換室友這種理由，繼續將就下去。

凱瑟琳有幾個「白富美」的正妹幫友，例如APPLE、RAY和小風，裡頭也包含莎莎，可以說是班上的四大千金，她們也分別是英文週執行長、系學會大二總召集人、迎新宿營與新生訓練的負責人，這類角色往往走路有風，喊水會結凍，大家都得配合她們的權威。反之，若活動過程不順利，也大概都是這些負責人的錯。雖然迎宿、新生訓練都舉辦過了，大一的反應也很不賴，但聽說女孩們私底下早已因爲工作上的恩怨而各自拆夥，另結小團體了。

「唉！果然不能太過涉入這種權力核心吧！」莘兒的結論。她還是只有一個想法——先顧好自己的生活，維持現狀。

走出喧鬧的課堂，暫時又遠離了班上吵吵嚷嚷的同學，一個熟悉的身影正牽著單車在樹蔭下等待著。

「阿努學長！」剛從柬埔寨回國的阿努，曬成了一個陽光的黑男孩，露出一口白牙對莘兒微笑。

雙方已經是公開出雙入對的關係，反正同學們的重心也不在自己身上，即使對方是去年自己迎新宿營的小隊輔，那也無所謂。只是，莘兒不確定，這是否爲一段戀情的開始？畢竟，她與阿努都從未告過白，但若要莘兒刻意去確認什麼，她又感到不好意思。

阿努還是一樣，天南地北地跟莘兒聊天。莘兒覺得他回國之後整個人眼界開了，也豁然開朗許多，較少像上學期那樣鬱鬱寡歡，反而回到迎新宿營時與莘兒初遇的那般。

阿努又回到那個開朗、率直、樂觀的青年了。對於未來的事，他認真地在人力銀行網站上做功課，也與營隊認識的義工協會大哥、大姐保持聯絡。未來很有可能朝非營利組織的方向就業。

不過，阿努的大四雖沒擠滿升學考試的相關行程，卻也不太輕鬆。家中的父親四天前病倒了，阿努抽了個空回去，安排好短期看護事宜。短時間內，阿努也不可能會提及與莘兒的感情事。

「反正都等這麼久了，我就再緩緩吧！」回想去年此時，莘兒剛開始摸索自己對阿努的感覺，彷彿初次握筆的人試著在心底的畫布繪出什麼。但如今，她卻已能和阿努共同悠哉地行走在校園間，不用擔心雅禧何時會假著笑臉出現。

與阿努並肩散步時，樹梢上的光影也好像成雙成對地在轉圈跳舞，莘兒陶醉在林間大道的暖暖秋陽中，輕輕微笑。

「最喜歡每年開學的時候這樣散步！」阿努隨手拍攝兼打字，更新了自己的INSTAGRAM，也標記了莘兒的帳號。

電腦這頭，位於台北政大教室的雅禧看見了阿努上傳的熟悉校園一景。美麗的日光灑落樹頂綠影，讓人懷念的校園場景。雅禧回想起去年，自己與阿努還曾手牽手走過同一段路，如今人事已非了。

「不好意思，這邊有人坐嗎？」一個有些莽撞的男孩輕輕碰撞到雅禧鄰座的椅子。

「沒有。」雅禧頭也不回地回答。

等待講師上課的途中，雅禧就跟多數碩士新鮮人一樣煩躁又帶點興奮，拿起手機打發時間。雖然告訴自己不需要一再回顧，雅禧仍點進阿努的相簿中。

「原來他最近跟這些人一起做了這些事……學校還是都沒有什麼變啊！」每當觸碰到過去的那道隙縫，雅禧就覺得自己的整個身心都闖進了一個尷尬的時空。

「爲什麼當初分手會分成那樣？爲什麼不能更成熟一點面對……」雅禧終究有些後悔，自己在阿努最後的記憶中，留下了那種凶暴又不理智的形象。而經過了兩個月靜謐卻也充實的倫敦暑假生活，雅禧對這段感情不再感到痛，只有滿心的愧疚。

「都是我，不懂怎麼妥善處理自己的情緒，把那麼樂觀堅強的人逼到走投無路，只好跟我分手……我竟然還爲了面子，要他陪我走到畢業，只爲了怕別人問東問西……我到底是怎麼了？」

在倫敦的暑期生活，除了上課之外，也透過在當地念碩士的堂姐認識了不少倫敦的男男女女，有華人，也有外籍朋友，熱鬧又歡樂。在倫敦的每一天，雅禧都拼命地在臉書更新照片，彷彿一天不提醒全世界自己過得多快活，就不舒服似的。

偶爾，她也會偷偷期待阿努的一個讚。

只是，阿努彷彿從她的臉書上消失了，照常過自己的生活，臉書一樣還是很少寫私事，只放音樂、新聞連結。後來，雅禧才知道，阿努都將生活照移到Instagram，但自從暑假他回鄉，又到柬埔寨之後，倒也很少更新。

但當雅禧從倫敦飛回台灣，踏上悶熱的台北家園準備開學時，一切的懊悔才恍如隔世地排山倒海而來。

「如果再給我一次分手的機會，我一定會努力地分得睿智、漂亮……」雅禧雖然悔恨，但也無力多做些什麼。

有時，毫不知情的學弟妹會在倫敦的照片下留言：「阿努有去找妳嗎」、「把阿努學長忘了呀？」雅禧多半只是按讚，並不打算一一回覆自己的感情狀況。

「反正，知道的就會知道，不知道的人，其實也不關你們的事。」雅禧至今還沒見過母校的哪位好朋友。如果遇到了，對方問起感情的事，她早已準備好一套公式說詞，輕描淡寫地帶過。

此刻的她，坐在政大校園中的冷氣教室裡，卻忘了該雀躍地準備展開新生活。

每當她點開阿努的近照，看到那張自己曾吻過的爽朗俊俏臉孔，總是很希望敲他聊聊天。純粹想關心一下最近的他過得好不好。但拜科技之賜，阿努此刻的生活，雅禧是看過了，也看膩了。

「現在我能做的，就是祝福他跟現在有意思的任何對象，修成正果。」雅禧悵然地關掉手機，腦中浮現出莘兒那張逐漸失去天真爛漫，卻更加有魅力的苦惱臉孔。

「他們現在……在一起了嗎？」雅禧心想，如果阿努對莘兒有意思，她也已經拖延他們夠久了。

「真的夠了。」雅禧望著自己在筆電螢幕上的倒影。凝視著眼前這個穿著入時、漂亮卻顯得疲憊的身影，她送給自己一個淺淺的笑容。

「抱歉老師遲到了，開學事情比較多。」教授終於拿著點名表走進教室。雅禧撥整髮絲坐好，視線離開手機與筆電，這才看見，旁邊的幾位同學，不分男女都客套、友善地用好奇的眼神望著她。

仔細一聞，就連迎著綠樹窗櫺的教室，也充滿煥然一新的新鮮氣息。

「嗨！」雅禧主動對他們微笑，也對自己的新生活滿足地莞爾起來。

13.

風馳電掣的冒險 十月

剛從老家回校的莘兒，再度感到身心俱疲，她終於攤牌跟母親說了自己每個月能拿回家的錢就只有五千，其餘都要拿來支付自己的生活費與學費。但母親甚至號召弟弟妹妹來罵她不長進，所幸弟弟妹妹還是替姐姐說話，不讓母親的歇斯底里維持太久。

「姐姐不是妳的提款機，不要對她予取予求。」弟弟率先冷靜地抓住母親的手。

「都已經沒爸爸了，妳再把姐姐逼瘋，我們就又少一個家人了！」妹妹上了火氣，說得更絕。

但錢的事情仍沒有解決，弟弟妹妹也正值用錢的年紀，總不能老讓他們穿舊衣破鞋。莘兒打了好幾通電話，每天幫忙泡在人力銀行網站，多番比較各家業者，終於幫他們找到假日打工的地點。弟弟妹妹也早已認定非國立大學不念，平日會專心念書衝刺，以免以後落入私立大學這個更深的錢坑中。

回校的路上，莘兒總慶幸自己還真如母親說的「念了大學就不要家人」。至少她還有這間學校，還有宿舍可住，還有一個可供喘息的空間，不需要每天關在同個空間，與母親大眼瞪小眼。

但仔細一想想，母親這麼容易不快樂，其實也是因爲生活圈太小，重心全放在三個孩子身上。一有不如意，例如莘兒給的錢少了、弟弟妹妹的成績差了，就是她情緒爆發的時刻。可能更年期也到了，對於情感的控制無法太精準，時常爲了小事咆哮，一、兩句惡言就能將莘兒一直以來的努力給擊潰。

「靠家教就只能賺這幾個錢，還捨不得給家裡用！」今天，莘兒的心裡又因爲母親的氣話而出現了新的傷口。彷彿自己長期的努力被漠視、被否定似的，她也氣起來了。

「妳說我捨不得給家裡用？那這些新烤箱、新家電、浴室的整修費，都是誰出的？妳這麼厲害全部自己出啊！」莘兒氣得崩潰了。「別人家的女兒念大學，哪個不是漂漂亮亮，只管讀書玩樂、跑社團就好，就只有我，什麼也不能做！只爲了假日回來拿錢給妳！」

「會打幾個工，就可以輕視自己的媽媽啦？妳這麼強的話，永遠別回來好了！」母親的惡言惡語，並沒有因爲莘兒嘗試替自己討公道而終止，反而更強烈。

冷靜下來仔細一想，母親的語調與自己的口氣，甚至是回嘴的公式，幾乎是一模一樣，母女就像是一對黑色的鏡子，彼此影響。想到這裡，莘兒不禁摸著胸口，倒抽了一口寒氣。

她終究會原諒母親，但一次次衝突所造成的芥蒂與疤痕，並沒有那麼輕易消逝。

公車到站了，外頭響起美食街的歡呼聲，八成又是哪個社團在辦活動，熱鬧極了。鬱悶的莘兒，不禁往人聲鼎沸之處緩步走去。

「『英文傳情』服務開跑囉！我們可以幫你挑英文情詩，附贈小卡片，送給校內的任何人唷！有不好意思開口的話嗎？不只是情人互送，朋友也可以唷！」

隱約聽到自己系上的關鍵字宣傳，莘兒才想起自己是個多麼失職的英文人。

原來，今天是英文週的第一天，系上的大二、大一生全都爲了這個籌備半年之久的活動傾盡全力。

美食街的攤位上，三、五個甜美的學妹邊發傳單，邊用有些啞掉的嗓子唸著廣告口號，莘兒也湊過去拿了傳單。想當然地，總是神隱、忙著打工的她，根本沒被任何一個學妹認出。

「啊！這是我們自己人啦！學妹！」攤位後方的莎莎邊叮嚀著，邊笑著叫住莘兒：「欸！妳也來傳一份吧！替自己系上貢獻業績！」

「好啊！」莘兒緩步走去，傳單與卡片都設計成精緻又可愛的古典英式茶會風格，而攤位上也擺著不少琉璃與木製的小飾品可供加購。購買這份「傳情」服務的人，可以指定收件者的系級、宿舍，複選一份英文系特製的小卡片，每張卡片都對應了一首英文短詩，有些獻給朋友、有些寫給家人長輩，當然，情詩佔最大宗。

「我要二十八號，布雷克的這份短文。」莘兒選定了卡片，這才想起自己不知道要傳情給誰。畢竟是英文的東西，傳起來更加不好意思。

「哎呀！光電四年級，阿努。就這麼寫！」莎莎淘氣地搶過莘兒手中的傳情單，莘兒尷尬極了，這才驚呼好險那些大一學妹都不認識自己。

「欸！我也來傳一份吧！」凱藍的笑臉映入眼簾，莎莎則立刻板起臉孔。

「你喔！跟英文系這麼熟，乾脆傳十份好了，今天的業績太慘了！」

「傳十份？我哪有這麼多人可以傳！」凱藍擺擺手。

「怎麼沒有，英文系你哪個不認識？不然，也不用限定英文系，全校都可以傳啊！再討價還價，你就傳二十份好了！各位學妹，快過來，拉住這位學長！」

莎莎動員了一票可愛的學妹群起攻之，凱藍被團團圍住，只好遷就於這份人情壓力。

「是說，每年英文系大一的學妹都這麼可愛，果真英文系是品質保證耶！」凱藍邊乖乖填單，邊微笑地對著鄰近的幾位學妹打招呼。

「哈哈，又要對學妹下手了！你也不照照鏡子，都大三老人了，又花名在外，學妹們不要中計喔！」莎莎的勸導，看在莘兒眼底倒像是打情罵俏。

「對了，莎莎，今晚顧攤的人有點少，是因爲第一天擺攤暖身的關係嗎？」凱藍換了個正經話題，還動手幫忙莎莎調整廣告旗幟的位置，及指導學妹動線。

「妳們先不要整群圍上去，看到眼神願意飄過來的路人，再過去就可以了，不然容易造成反感喔！」凱藍不愧是學長了，許多建議都十分中肯，莘兒邊聽邊用心學著。莎莎聽到凱藍挑了不少毛病，則顯得有些失落不安。

「唉！抱歉，我自己也知道今天的擺攤有些七零八落，主要是明天要辦英文歌唱大賽，現在有空的人手都去大禮堂布置了，就剩我一個管攤位……」

「聽起來真的太忙了，怎麼會把英文歌唱大賽挪來英文週呢？這是很耗損人力的工作，應該要放在下學期辦才好。」凱藍回想起英文系先前的慣例，爲莎莎他們今年的特例感到意外。

「這就是先前我們臨時換執行長的原因……因為下學期經費縮減，只好把歌唱大賽挪來和英文週一起舉辦，但凱瑟琳當時完全沒考慮到人力問題，一直到八月才發現……大家當時都在放暑假，忽然被告知工作量增加，也只能先不爽在心底了。啊！歡迎來英文系傳情！英詩短文任你選，告白好時機喔！」莎莎沒時間解釋，連忙又招攬客人去了。

看莎莎和一票沒經驗的學妹忙得焦頭爛額，凱藍也知道自己說再多，都像在放馬後炮，連忙乖乖填單付款，又幫忙調整一下桌子上的擺設才離去。

「凱藍學長！請等一下！」莘兒連忙跟了過去。

凱藍似乎早已料到莘兒會叫住自己似的，露出一個敏感的苦笑。

「請問，我能做什麼呢？看大家那麼忙，我如果臨時插手會不會很奇怪？」

就算莘兒再怎麼忙碌，也不是見死不救的壞女孩，她獨善其身已經夠久，是該做點什麼了。

「一點都不奇怪喔！」凱藍的神情轉爲欣慰和讚賞。「妳先前沒參與到的，只是錯過企劃和分工的部分，但活動最重要的永遠是當天的執行。如果有額外的人力可以分配，任誰都會很高興的。但最好早點跟負責人確定自己該做什麼、不該做什麼，也要主動告知一起合作的朋友，只要不扯後腿的話，也算是亡羊補牢，關鍵時刻立功了。」

聽到凱藍真切的分析，莘兒的眼神燃起堅毅的決心。「我知道了，這週我會盡量幫忙的。」

「嗯！不要想太多，有時間再幫忙吧！」凱藍暖暖地拍了拍莘兒的肩膀，莘兒正要轉身離去，卻發現凱藍有些欲言又止。

「那個……妳跟阿努到底……」凱藍想了一秒，還是把問題問完。「到底在一起了沒？」

莘兒臉色一陣漲紅，開心的是凱藍很關心他們兩個，也一直都十分支持這份戀情，但她對這種問話方式感到尷尬，畢竟凱藍是阿努的好朋友。

「我們應該不算在一起，也沒有牽手……有時候覺得可以牽了，但我又不敢。」

「真是的，阿努那傢伙搞什麼啊？」凱藍劈頭就指責阿努的態度，意外地讓莘兒心暖暖的。

看來，不是自己這方的問題。

「不過，莘兒，妳要是膽子大一點，就牽下去又有什麼關係？」凱藍看了戰戰兢兢的莘兒一眼。

「唉！算了，妳才大二，又是學妹，我想應該不太敢吧！」

莘兒尷尬得滿臉通紅，甚至感受到血液都衝上耳根了，但既然都起了頭，自己就這樣錯過跟凱藍軍師討教的機會，反倒虧大了。

她不好意思地退到馬路旁的長椅上坐下，凱藍也知趣地跟了過去。

「那個……學長，我問你喔！如果我牽下去，會顯得我很隨便嗎？」

「不會啊！」凱藍十分傻眼。「爲什麼會隨便呢？牽手就是隨便嗎？妳是五零年代的人嗎？」

莘兒被這麼一問，說不出話來了。凱藍怕自己的粗暴反應嚇著她，連忙緩聲說道：「欸！對不起，我的意思是，牽手是自然而然發生的事吧！覺得氣氛可以，想牽就牽啊！反正雙方都不會少塊肉，不是嗎？妳不去試探，又怎麼知道對方到底怎麼想的？」

莘兒聽了有理，卻仍沒自信地反問：「那……我是想問學長，你覺得阿努怎麼想？」

「我才不知道他怎麼想呢！我又不是他啊！」凱藍豪邁一笑，隨即又壓低了聲音。「不過有一件事，我可以告訴你，凱藍好像從沒主動追過女生。先前的初戀女友是高中補習班人家倒追他的，而雅禧也是當初倒追阿努的，也許……他就是個草食男吧！不會做球，又遲鈍得要死，還愛裝笨。」凱藍不知不覺數落起阿努來，自己倒覺得對他有些失禮，好歹阿努也是學長。

然而，凱藍想到，萬一他不點醒莘兒，阿努和她還不知道要耗到何年何月。

「跟妳說喔！阿努已經大四了，不管你們之間成不成，都只剩下一年能在這間學校相處了喔！時間不多了，妳不想光明正大跟他走在校園裡牽手嗎？」凱藍認真地注視著莘兒的雙眸。

「我……我當然想啊！」

凱藍露出了放鬆的笑容，拍了拍莘兒的肩。「那就對啦！很簡單的！戀愛就是順勢而爲，沒什麼可不可以，妳都沒有盡力，又怎麼知道結果呢？」

以往莘兒難免以爲凱藍如英文系同學所說是個花花大少，殊不知他的戀愛觀竟然如此啓發人心，也意外地簡單直白。莘兒發自內心地覺得，有這麼一位能商量內心話的學長，真的挺不錯的。凱藍一直都很有想法，總是看他忙進忙出，身邊也不乏女孩。只不過他一升大三就積極準備新聞所的研究所考試，找他好好談談的機會自然也不多。

「真希望凱藍學長能常常當我的戀愛軍師……」然而，現在暫時不是想男女私情的時候。

隔天上課時，莘兒發現重要的大二必修課上，同學們不顧這是系上最嚴格的外籍教授的課，全都睡成一片。個個氣色不佳，有些人身上還有晒傷，手腳、肩頸甚至貼滿痠痛藥布。

「大家都陣亡了啦！一個晚上就要把需要準備好幾週的會場布置給做完，大家幾乎都沒闔眼，今天早上大多是從會場布置地點直接過來上課的。」莎莎低聲對莘兒解釋道。

「天啊！從昨晚八點一直到今天早上九點？」莘兒無法想像，超過十二小時沒闔眼，還不斷付出體力勞動的同學們，身心上面臨多大的考驗。

雖然正值青春洋溢的年紀，卻也敵不過瞌睡蟲與周公的召喚。

莘兒注意到她前方座位的ANDREW，身上更是貼滿了藥布，手臂上還有瘀青。

「聽說是昨晚推裝滿鐵椅和音響器材的推車時，下坡不小心翻車……大家都叫ANDREW去掛急診照X光。但他堅稱只是皮肉傷而已，繼續留下來和大家一起布置會場。」

「天啊……」莘兒一陣鼻酸，女生系中的男孩子，總是要負責最難熬的體力活，ANDREW 也從不抱怨。但沒想到因為先前凱瑟琳聯絡失當，才會臨時讓大家開學就忙亂成這樣，甚至得在一夜之間搞好一個活動。風聲早已走漏，學校的BBS上也有許多人質疑英文系大二的辦事能力，甚至發起拒絕參加英文歌唱比賽的活動。

「這種胡搞的活動單位，誰要去報名參加啊？」

「聽說英文系這次也只能找到親友團報名，最後應該會變成自嗨大會吧！」

BBS上連日出現的唱衰留言，班上同學不可能不知道，卻還是想努力到最後一刻。大夥兒寧可暫時背負罵名，也不願意輸掉系上的門面，和昔日學長姐建立起來的形象……

「哪怕只是一點力量也好，我是不是該幫大家做點什麼……」莘兒心想，趁著下課鐘響，奔到走廊去找主辦者凱瑟琳。

「凱瑟琳！妳昨晚都沒回寢室，一定很累吧？等等就直接回去睡吧！我幫妳買午餐！」

「不必了啦！」大概是看到莘兒渾身乾爽、氣色飽滿，甚至化了個從容的清新妝容才來上課。一夜沒闔眼，渾身汗濕的凱瑟琳開口就沒好氣。「妳又不是不知道，我們進度嚴重落後，背景美工都還沒完成，報名者也還太少。等等中午就要再去各大路口吶喊宣傳了，我哪來閒工夫睡午覺、吃午餐？妳這個閒人就不要來添亂了，是想諷刺我嗎？」

「對……對不起。」莘兒看見神色彷彿殭屍，說話更是含血噴人的凱瑟琳，一時被嚇住了，只能往旁邊一讓。

直到凱瑟琳遠去，莘兒心底的怒火才如慢燉的壓力鍋般慢慢升上來。

「好心想幫忙，反而被酸。這種EQ低的人，還能當上執行長，我終於知道活動為什麼會被搞成這樣了。」莘兒搖了搖頭。

最近凱瑟琳幾乎不回寢室，房間亂成一團，常常將自己穿過的發臭名牌衣亂丟在地上，書桌更堆滿亂成一團的講義及待回收的便當盒。莘兒每天都隨手幫忙收拾，種種異味卻仍揮之不去，這些莘兒都沒跟凱瑟琳計較。凱瑟琳卻像事不關己似的，一回寢室就是卸妝睡覺，根本沒發現自己的書桌與寢室地板，每天都維持著一定程度的工整。

「傻眼，沒水準的女人，爛死了！」莘兒再怎麼氣，也想不出更惡毒的話語，草草去了一趟化妝室，喝了幾口水，便回到教室上課。

「夠了！你們要睡就回寢室睡，不要在我面前睡成這樣。」外籍教授湯姆看見大家無視於上課鐘響的昏睡模樣，終於忍無可忍地擺出了臭臉。「我今天絕不停課，還要照常點名！不要以為你們跑了幾個活動，世界就要順著你們轉。」

雖是重話，但湯姆倒是展現了教授的氣度。一時間，將近二十多個同學都起身收拾包包，ANDREW 也嘆著氣，跛著受傷的雙腳離開。只剩下一些乖乖牌，疲憊地在座位上死撐著。

「剩下的人，我們繼續上課。」面對只剩下三、四人的教室，湯姆的神色反而輕鬆許多。莘兒也覺得教授難爲，但現在他至少眼不見爲淨，能專心講課了。

「聽說英文系大二這兩天都忙昏頭了，妳還好吧？有遇到什麼無理的要求嗎？」手機傳來阿努的訊息，莘兒怕老師責罵，只好忍住幸福的笑意，悄悄將手機關機。

十月的最後一天，就要這麼過了。明天起又是嶄新的月份，莘兒回想起這一年，自己好像一直都在受傷。因爲阿努的事情而受傷，因爲家裡母親的不諒解而受傷，但她又豈是唯一受傷的那個人呢？

莘兒心疼地想起那一票離去的同學。要學生放棄上課，那該是對身心多大的折磨與壓力？而一向光鮮亮麗的凱瑟琳，竟然會過著把臭衣服往地上扔的生活，爲什麼一切失衡至此？冒著活動可能開天窗的風險，壓力該是多大啊？

莘兒忽然懂了，無法滿足身邊的每一個人，那種心焦力悴，卻連睡眠都顯得奢侈的負傷青春。大家都有自己的難處，各自的課題。忽然間，莘兒選擇原諒凱瑟琳這種無法滿足全世界的人。她是個不懂拒絕他人，以至於搞得自身忙不過來的人氣富家女，但那又怎麼樣呢？

莘兒並不是沒聽出，凱瑟琳方才的語氣有多無助、害怕。

她回想起去年入冬前，連買件冬衣都沒錢的自己，不也是這樣嗎？

原來，沒有人的生活是真正高貴平和的，大家都在戰鬥著，都在用受傷的翅膀於狂亂的氣流中掙扎，努力往前看。

14. 敲開機會門扉的十一月

這天是英文歌唱大賽的複賽，昨日凱瑟琳也沒有回寢室，莘兒刷著臉書，才發現原來昨晚的檢討會上，凱瑟琳被眾人批鬥了一番。聽說初賽最後有不少人報名，但表演時間卻沒有嚴格限制。有參賽者一連報名了三首歌，最後只唱一首歌又被淘汰非常不開心。

校園BBS上，有位參賽者發表不滿意見，不少網友則發起「今晚要去看熱鬧」的負面言論，更讓英文系大二都非常緊張。大三、大四的學長姐也紛紛表示關切，卻理所當然帶來更多壓力。

「難道這個月下旬的萬聖節派對，也要我們老人跳出來辦嗎？」幾個學姐的臉書也紛紛發表聲明，一時間，這裂痕恐怕是越來越深了。

「莎莎，擺攤是不是還剩下兩天，今晚妳去幫忙歌唱大賽吧！攤位由我來顧！」莘兒主動去敲莎莎寢室的房門，莎莎蠟黃的臉色及充滿血絲的雙眸，讓莘兒知道自己真的需要挺身而出了。

「妳……確定可以嗎？」

「嗯！沒問題，我也可以帶學妹一起幫忙。有什麼注意事項，妳直接交接給我吧！」

「太好了，但是……以往我們每個人會排班兩小時，今晚可能全都要交給妳負責了，妳得在同個攤位上六小時耶！會不會太久了？」不愧是好朋友，莎莎仍擔心莘兒無法適應。

「沒問題，以前我做過超商店員，負責店內各種事務，比擺攤收錢複雜多了。我會小心的，如果要去化妝室，就跟學妹輪著一起去，沒問題的。」

莎莎也沒有爭論的空間了，欣然地給莘兒一個大大的擁抱。「謝謝，我現在就要去會場幫忙了，今晚是決賽，又要處理參賽者抗議的問題……而且，今天的參賽者只會帶更多觀眾來，還有那些等著看好戲的網友，讓我們的工作量和壓力都倍增，大家都很緊繃。唉！妳不知道開會現場氣氛多詭異，沒有人敢開玩笑，連去上洗手間都不敢。」

莘兒給莎莎一個擁抱。

「加油！攤位不用擔心，交給我！」

兩人暫時分道揚鑣，莘兒昨晚就請好了假，這還是她一年多來第一次請假，家長還關心地問了一下。

「學妹，我是莘兒，英文名字是ZIN，妳們大概跟我比較不熟，但今晚我們還是要一起加油喔！雖然無法跟歌唱大賽的工作人員在同個會場一起努力，但我們都是爲了英文系而服務，心都在一起！」才剛與擺攤組的學妹見面，莘兒就以暖和開朗的神態贏得她們初步的信任。

這幾個學妹雖然遲鈍了點，但本性不壞，有許多小地方也幫著莘兒一起注意。而莘兒爲了顧攤，今晚也特別打扮了一番，以一張自信熱情的生面孔，贏得許多理工科男生的注目。

「妳英文系的？怎麼先前從沒看過妳？」

「我比較少拋頭露面，今天特地請大家來捧場啦！」莘兒也拿出以往自己不習慣的主動積極態度，來招攬客人。甚至還有人跟她要了臉書和LINE，讓莘兒有些受寵若驚。

「莘兒，我把人帶來了。」凱藍和阿努一人提了幾杯手搖茶來探班，後頭還跟著一票光電系的大三、大四學生。

「莘兒也變太多了吧？上次看到妳，是去年的迎新宿營吧？」許多學長跟莘兒僅有幾面之緣，這下子終於有機會熟絡起來。

男孩子填單不扭捏，很快地又促成了幾十張的業績。莘兒和學妹忙著收錢、找錢，檢查訂單，還要解釋傳情內容的英文情詩、英文小卡內容，六小時的工作時間，恍如半小時，一眨眼就過了。

「啊……已經十一點了呀！」莘兒整晚只喝了阿努帶來的紅豆湯圓，但卻不忘放學妹兩兩一組去吃飯、休息，讓學妹十分感動。

「沒想到ZIN學姐還願意放我們去吃飯、上廁所！前幾晚我雖然很閒，但膀胱都快爆了！因爲莎莎學姐和凱瑟琳一看到我們沒喊口號，或手邊閒著就狂罵。」

「是啊！真的很可怕……迎宿的時候看學姐都長得很漂亮，笑起來很甜，沒想到她們這麼兇。」學妹一一埋怨著，原來因爲人事安排不佳，她們受了委屈。

「唉！對不起，莎莎和凱瑟琳平常完全不是這麼激動的人，妳們也知道最近英文系大二幹部承受了不少壓力啦！連帶也苦了妳們！」莘兒給學妹們一人一個擁抱，學妹們也開始對她撒嬌起來，最後還拍了好幾張自拍才散場。

莘兒爲了讓學妹早點回宿舍搶熱水洗澡，獨自留下來收拾擺攤的桌椅。仔細對帳後，發現今天竟然衝出了比前兩天都高的營業額，她一點也不覺得辛苦了。

「好，把這個推回女生宿舍倉庫，交給管理員之後，就可以休息了……」

莘兒邊拉著沉重地手推車緩步前進，邊望向深夜校園中的大禮堂方向。

「歌唱大賽也結束了，現在在撤場了吧？不知道今晚順利嗎？千萬要平安落幕才好……」莘兒喃喃念著，一想到大夥兒還得忙到半夜才能休息，心情又低落起來。

「還是去看看吧！」驚覺過來時，莘兒已經接近了大禮堂外頭的草坪，一個疲憊不堪的人影正努力將四、五張鐵椅綁在機車上。

「ANDREW！我來幫你！」

ANDREW見到莘兒，擠出滿是倦意的欣慰笑容。「今晚不要再傻傻拖手推車了，我靠著光電系學長的幫忙，臨時申請到了機車證，用機車一次載比較快。」

「那……總共要載幾次才夠呢？」

「上百張椅子，要跑個二十幾趟吧！誰叫大禮堂沒開倉庫，只好煩死我們這些學生了。沒關係，杰克他們也騎了機車一起幫忙載，我們快收工了。」

「我來幫你啦！你氣都喘不過來了，去旁邊休息啦！」莘兒遞出準備好的礦泉水後，就忙著用黑色束帶將椅子固定好。

「謝謝……我都要哭了，這是兩小時來我喝到的第一口水啊……」ANDREW誇張地嘆息著，用極度滿足的搞笑表情將水喝完。莘兒也發現，他渾身都汗濕了，活像掉進游泳池似的。

「今晚……還順利嗎？」

「唉！比昨天順利太多了！今天總算賽程和設備都沒出錯，大家也有經驗了。最後座無虛席，參賽者的親友團甚至都坐到地板上去了！」看著ANDREW的亢奮神情，莘兒知道活動成功了。

「可惜妳不在場，不然我們應該會合作得很嗨的。」ANDREW柔聲地說，讓莘兒感覺心底更遺憾了。

「對不起……凱瑟琳先前也唸過我，我都在忙我自己的事。」

「不，妳也沒有做錯啊！本來就不該把所有活動放在這個學期內辦完，都是學校高層、學長姐和我們沒溝通好，反倒怪罪不相關的人，這才奇怪。」

ANDREW本意是好的，但聽在莘兒耳裡，卻顯得落寞異常。

「不會不相關啦！好歹我也是英文系的！」莘兒甜甜一笑，想藉著此動作，將毫無幫助的心酸感觸從體內驅散。

「真的，謝謝妳啦！今天聽說妳一個人就顧攤顧了六小時，簡直超人啊！」ANDREW 眼睛發亮，激動地讚賞道：「在這種大家最忙最累的時候，多了妳真的很好！」

夜深了，兩人騎著機車穿過校園。首次在校區內騎車，ANDREW 顯得特別興奮，再加上機車載了不少搖搖欲墜的沉重椅子，更讓每次的運送顯得刺激連連。

「啊啊！要撞到啦！莘兒腳小心！」兩人一面大笑，一面閃著小徑上的水泥花圃，每闖過一個障礙物，莘兒和 ANDREW 就高聲歡呼一次。

「哈哈哈！剩最後一趟啦！爽啦！這次我們走游泳池那邊好了！」高漲的情緒之下，莘兒忽然體會到，爲什麼一個系上需要這種團體活動。

原來是爲了透過勞動與分工，將大家的酸甜回憶緊緊兜在一起。

「ANDREW，接下來的萬聖節派對，你負責的是什麼？」

「我負責扮鬼和發互動小卡片。怎麼了？」

「我可以當天再和你一起工作嗎？」莘兒不好意思地笑道，透過照後鏡望著ANDREW的臉龐。「我也不想自己的大二生活，只有打工和念書……」

ANDREW臉上先是迸出一陣驚訝的神情，隨即，溫暖的笑意從他雙眸擴散。

「嗯！不會的！當天我們再像現在這樣，一起工作、一起玩吧！」

※

英文週終於落幕了，大家終於又恢復到了上課不需打瞌睡的日子，每個人都顯得神采奕奕多了。經過兩週的休養生息，萬聖節派對的籌備也開始如火如荼地進行中。

莘兒剛結束了幫學生惡補學校段考的日子，穩定的家教工作讓她總算不愁吃穿，卻也不得揮霍。有時看著朋友們上高級餐廳打卡拍照，莘兒自然羨慕，偶爾也想到兩、三百元的簡餐店吃吃飯，過過乾癮，暫時擺脫宿舍自炊的規律日子也好。因爲是隨性之舉，這天莘兒打算到學校後門新開的義式簡餐店吃飯，問了莎莎，莎莎抽不出空，恰巧此時凱瑟琳剛回寢室。

「偶爾我們兩個室友也一起出去吃吃飯吧！」出門前半小時，凱瑟琳主動笑道。

記得大一剛開學爲了熟悉彼此，莘兒曾跟凱瑟琳與其他同學吃過一次飯，再來就只有在莎莎生日會上一起用過餐。但當時彼此都不熟各自的脾氣，只是想確保大家能相安無事地相處，順道抒解學校新鮮人的壓力，才出去吃了個飯。現在一想，還真是遙遠的記憶了。

忽然間，經由凱瑟琳的提議，這個夜晚變成了女孩外出夜，莘兒與凱瑟琳都各自興奮地選起洋裝來。莘兒也好喜歡這種閨蜜氛圍，畢竟凱瑟琳自從負責的英文週活動辦完後，整個人又變身爲不咆哮、愛乾淨的好室友。

「唉！莘兒，我必須跟妳認真地道歉。因爲我們生長的環境不同，我對妳有很多偏見。不但很少主動跟妳談話，壓力大時，甚至連妳的暗中幫忙都視為理所當然。」

主餐還沒上，大概是感性的氛圍驅使，凱瑟琳在南義鄉村風的粉橘燈光中嚴肅地宣告道。「特別是前陣子，我回寢室只是為了睡覺、換裝，垃圾、回收、髒衣服全都亂丟，我知道妳一定有幫我默默收拾，而且……擺攤的事情也非常謝謝妳的幫忙。」

「有妳這些話就夠了！」莘兒本來只想說句淡淡的「沒關係」，但又覺得自己該表達得更有誠意，便也真心地接受凱瑟琳的道謝。

「妳先用餐吧！不然，我也不好意思吃了！」莘兒指著剛端上桌的義大利麵，饞饞一笑。

「是說，莘兒，我一直到最近才知道，原來我們要的東西很不同耶！」凱瑟琳啜飲了一口附餐飲料。

「我也感覺到了。」莘兒爽朗一笑。

「說實話，妳應該也聽說了吧？我之所以在上學期接了那麼多活動，純粹是認識了很多大二、大三的學長姐。當他們紛紛找我當各自活動的接班人，又說了些妳一定可以之類的話，被灌迷湯我就傻了。只想對他們證明自己，想在學弟妹面前當個能幹的學姐，也想在學長姐、師長之間被傳爲佳話，就像當年的珊迪、巧比學姐那樣……結果，我卻搞砸了，現在大家都覺得我是個眼高手低，沒能力的人。」說著說著，凱瑟琳眼淚掉了下來。

「妳沒有搞砸啊！」莘兒對凱瑟琳緊張地遞出餐巾紙，隨後又慌忙地換成了面紙。「大家都說凱瑟琳很有膽識，而且這次的活動也非常成功！看看妳，臉書好友都飆破一千人了，我說我是妳的室友，大家都很羨慕呢！走在路上也是一堆人注目！哪個二十歲女孩能這麼風光呀？」

想當初，莘兒初次見到凱瑟琳時，還覺得她是個高傲的白富美一族，但其實花了一年多相處，也對她的部分個性有所認同。

「唉！哪有妳說得這麼好。」愛聽好聽話的凱瑟琳，終究還是破涕爲笑了。

莘兒繼續認真地說：「講真的，我也很羨慕妳！想當初我走在路上，因爲沒幫忙任何活動，學弟妹都把我當空氣咧！那種感覺不太好受的！哈哈！可以的話，我還是希望能像妳這樣帥氣耀眼地生活。」

「我才覺得妳帥氣咧！年紀輕輕就開始養家，學費還不用助學貸款，根本神人！再說，妳上學期還差點拿到書卷獎呢！看著妳早睡早起，真覺得優秀的大學生的確是該這樣子。」凱瑟琳不加思索地讚賞道。

捧來捧去，兩個女孩才發現，自己的生活在對方眼底一點也不糟，反而相當值得學習。

「不過，我也不知道能兼家教到什麼時候……教育學分我早已放棄，又不知道未來選什麼工作好。」莘兒嘆息。

「我也是啊！我成績這麼差，大四還得考研究所，我看真會痛苦死耶！能像妳那樣充分利用時間念書就好了。」凱瑟琳接腔。

互相鼓勵完，彼此又開始交換著煩惱。莘兒這才覺得，原來參加活動最大的收穫不是認識學弟妹、或者被公眾認同，而是透過紮實的經驗，成爲一個自己意料不到的人，也讓別人有機會被自己從心底瞭解。

更何況，被他人真心地感謝，更是最好的友誼催化劑。

「能來到這所大學與眼前的同伴們相遇，真的是太好了。」莘兒感激地想。

15. 羽翼漸豐的十二月

十二月二十日，聖誕節前夕。

莘兒、阿努、凱藍與ANDREW坐在新北市政府的辦公大樓會場的沙發椅上，緊張萬分。等等就是英文行銷整合賽，要替政府的活動想出宣傳配套企劃。為了高額獎金，也爲了賺取經驗值，更爲了跳脫每日讀書、打工的單調生活，莘兒認爲這絕對是自己成長的好機會。

一開始，莘兒爲這比賽也猶豫了頗久，凱藍勸了她兩週，最後一句「當年雅禧也有參加過這個比賽，我想妳應該不會輸她吧？」才終於挑起莘兒的決心。

他們準備的議題跟偏遠地區的動物保育宣導有關，也結合凱藍的新聞議題分析技能、阿努的社工經驗、莘兒與ANDREW的外語能力。

而就在上個月底的萬聖節派對前夕，當凱藍也確定阿努要加入這個計畫時，還曾經傳ＬＩＮＥ給莘兒。

「我都已經盡力了，這個比賽小組是一石二鳥，妳知道該怎麼做了吧？」

莘兒望著ＬＩＮＥ訊息紅了臉，回傳了「知道」。

當時，莘兒已經換上萬聖節派對的招待服準備開工。她是穿著白色短裙的殭屍護士，也同樣負責接待工作的ANDREW則是打扮成殭屍清潔工，被班上同學譏笑爲今晚最不恐怖的螢幕情侶。

但莘兒與ANDREW還是在派對上玩得很愉快，而這個派對其實是對外公開的售票派對。莘兒也隱晦地邀請阿努來，但當她枯等一整晚時，反而慶幸阿努沒看到自己這種詭異的扮裝模樣。

直到當晚莘兒和ANDREW忙完撤場，洗去化妝血污之後，阿努才帶著宵夜匆匆趕來。

「抱歉！我被助教抓去幫忙一項實驗……」阿努還沒說完，驚訝的神色已經寫滿臉上。莘兒尷尬地捏著過短的白色護士裙，心想阿努一定是被自己的模樣給嚇到了。

此時，一旁的 ANDREW 默默拿著自己的宵夜笑著離開。

「哈，我穿這樣很怪吼？」莘兒尷尬地苦笑，將大衣套在護士服上。

「不……不會啊！很可愛呀！」阿努羞澀地移開視線，不好意思再盯著莘兒看。兩人邊喝著阿努買的手搖飲料，邊漫步在學校的冬日林間。

「好久沒有這樣一起走了，抱歉，我最近活動多，比較忙。」莘兒輕聲說。

「很好呀！大二就是要跑跑活動，經驗很寶貴，將來出社會都用得到。」阿努不知道自己爲何這麼緊張，手心冒汗，可能真的太久沒仔細注視莘兒的甜美神情。他的語氣忽然變得老氣橫秋，平常分明不是這樣的。

但聽了阿努的經驗談，莘兒卻滿懷感激，抬起頭含情脈脈地望著他。「有你在真好。總是會給我很多意見。」

「哪……哪有。」

阿努今晚特別不對勁，莘兒堵在喉嚨邊的話久久說不出口，卻也嚥不下去。她深吸了一口氣。

「阿努學長……馬上就是十二月了，今年的聖誕節你打算怎麼過呀？」

「嗯……」阿努繃著聲音說：「冬天很冷，應該就躲在房間吧！」

「這樣啊……」莘兒低頭，望著自己的手，兩人又默默地走了一段路。

「那……莘兒妳打算怎麼過？也是要在家教中度過嗎？哈哈！」

「不是。」莘兒仰起頭，甜甜一笑。「我想跟學長你一起過。」

說出這句話時，她的手也主動伸了過來，雙方的手心互碰在一起。阿努緊張得差點原地不動，思緒空白了兩秒，腳步才勉強繼續跟上。

莘兒也有些放緩了步伐，看到阿努不做任何表示，她的視線也困窘地飄開。

阿努心想隨便說點什麼都好，手被牽住，嘴裡的話卻反而更說不出口。

「抱……抱歉，我好像有手汗。」阿努竟主動想鬆手喘口氣，但莘兒卻再度伸手握住了他。

「不會啦！一點手汗也沒有。就算有，我也喜歡，所以沒關係。」莘兒不加思索地衝著阿努漲紅的臉微笑。

「原來阿努學長比我還緊張。」看到阿努如此笨拙的模樣，莘兒反倒鼓起了勇氣，繼續問道：「阿努你……應該不會討厭我牽著你的手吧？」

「不……不會。」阿努用力回牽著莘兒的手。「我不討厭……我，我喜歡。」

「那你喜歡我嗎？」莘兒皺起鼻子，露出可愛的苦笑。

阿努點了點頭。「喜歡，其實……我一直都很喜歡妳，只是……對不起，這種事情我真的很不擅長。」

莘兒露齒一笑。「講得好像我很擅長一樣！」

「我不是這個意思啦！」阿努甜膩膩地反駁道。

莘兒不希望這一晚最後淪落爲另一個沒有結局的對話，她清新地將髮絲撥整，雙眸刻意放遠，試圖自然地繼續問道：「所以……你也想跟我在一起嗎？」

「想，我想跟妳在一起。」

這句話，莘兒珍惜地聽著，仰起頭回答。「嗯！我也是。」

她不會忘記阿努當時的神情有多開心。而莘兒是第一次覺得林間小徑走回宿舍的道路太短了，短得她來不及品味阿努從掌間透出來的快樂與溫暖，雙方就要分別了。

但是，也正是因爲道路太短，莘兒上樓時才能頻頻回首望著樓下的阿努，瞧瞧他傻笑招手的模樣。

爲了這一刻，他一定等得沒有她久。莘兒淘氣地心想，往後約會時，她一定要故意遲到幾分鐘，讓阿努知道她這一年多來過得有多煎熬。

她進房間之後，先是給自己一個宏亮的「好耶！」，隨後立即坐到電腦前，將兩人正式交往的消息傳給凱藍。

而當天稍晚時，阿努從臉書傳了「穩定交往中」的狀態邀請給莘兒。

「這麼快就發邀請啦！是有多等不及啦！」莘兒甜膩膩地大叫，一旁的室友凱瑟琳也興奮地猛跳。

※※

時空回到十二月二十日的當下，比賽會場內充滿著來自各大專院校報名隊伍的肅殺氣氛，還有半小時就輪到莘兒等人上場。凱藍看見莘兒又在發呆，便將她手中的資料緩緩抽走。

「又在想那個晚上喔？」凱藍調皮地問莘兒。「還好妳們沒等到我使出大絕招才告白。」

「咦！大絕招是什麼？」莘兒還是第一次聽到有這件事。

「閉嘴，不關你的事！」阿努害臊地罵著凱藍，一旁的 ANDREW 則津津有味地看著這對「情侶」與「紅娘」的互動。

「大家的大學生活真是多采多姿啊！我什麼時候才能交到女友呢！」嘴上調侃著，其實 ANDREW 對感情生活是一點期待也沒有。他也開始看慣了昔日的迎宿隊輔與自己同班同學交往，這樣的愛情故事只要夠真誠，永遠也不嫌多的。

雖然每天都過著被鬧、被虧的日子，與阿努喜歡低調平淡的本性不同，但他卻也漸漸地甘之如飴，真心珍惜著與莩兒相處的瞬間。畢竟，他還有半年就要畢業，之後等著他們的，將是遠距離戀情的考驗。

莩兒是個一直在成長的女孩，以往她很少提起的家務事，也在兩人交往過後全都托盤而出，令終於瞭解狀況的阿努十分心疼。

莩兒卻曾笑著對阿努說：「其實船到橋頭自然直啦！家人是一輩子的，學習怎麼和平相處，也是一輩子的課題。」

這也是阿努當初曾面對的難處，在今年暑假那番痛苦的嘗試之後，家人對他不回鄉接掌事業的態度已經抱持平常心，偶爾也會嘴硬說「不回來也好」。聽在阿努耳中，倒覺得鬆了口氣。

已經快結束大四上學期的阿努，明年除了找份自己喜歡，薪水不一定要太高的工作之外，並沒有特別的計畫。但自從柬埔寨之旅之後，許多國際慈善與救援組織也向他招手，只要阿努喜歡，他並不愁找不到自己喜歡的工作。而父親的身體也逐漸恢復，雖不能每天很有活力地工作，但父母對生活的態度已經轉變得更爲正面。他們不再急著做大事業，而是以健康爲重，必要時也不排除考慮退休養老的計畫。經過與父母的努力溝通，家鄉的一切已讓阿努沒有後顧之憂。

唯一的課題就是，往後出國工作，免不了與莘兒經常小別。阿努自己也尚在摸索職場中真正重要的事務。

一天的難處一天當就夠了。阿努並不打算將未來尚未遭遇的煩惱，全都立刻背在肩上。此刻，他吹著比賽會場中的冷氣，手中拿著簡報的資料，裡頭已經是他背得滾瓜爛熟，講解起來熱血沸騰的保育宣導內容。阿努並不緊張，相反地，能像這樣坦然地與莘兒、凱藍、ANDREW 並肩而戰，他幸福極了。

阿努知道，莘兒對她的未來有所考慮，自從在一起之後，他們非常喜歡談論未來，卻從不覺得那是個人的事。當阿努說起「以後」的事情時，莘兒總是亮著雙眸談起自己想像中的計畫。他們的未來是緊緊相連的。

「反正……我覺得還是保持一點距離的美感比較好，畢業之後我絕對不會回家住。因爲我已經用過去許多痛苦的對話，證明自己和媽媽真的無法溝通，也沒辦法做到她所有的要求……與其勉強住在一起，卻天天吵架，我覺得分開住反而是給彼此真正放鬆的機會。但當然，我每個月都還是會回去探望家人，拿生活費給媽媽，這本來就是我該做的事。」莘兒覺得每當自己將未來的不安化作實際的「計畫」，並說給阿努聽時，身上總會再度湧動出一股堅毅強大的暖流，告訴自己，未來一點也不可怕。就像候鳥翱翔時，雖是向著南飛，卻不會老是停下來擔心自己能飛多遠。

儘管飛就是了。莘兒告訴自己。

也因此，既然考量到畢業之後必須分開住，莘兒知道自己除了家教這種賺取眼前小利的工作之外，也必須思考到長久的藍圖。她想透過活動、競賽來提昇自己的競爭力。倘若不考研究所，她能有多少籌碼去找到一個能養活自己，又可輔助家人的工作？莘兒不考慮在大台北地區就業，因此她的就業選擇也變得聚焦許多。

家，終究是跳不出的泥淖，但莘兒參加凱藍邀約的這個比賽之後，自覺的確學到許多經驗，每次開會都是外文文獻閱讀、資料整理與辯證討論。而凱藍、阿努與ANDREW都是很好相處的人，大家打鬧嬉笑之下，卻沒有浪費過準備比賽的時間，今天他們才能老神在在地站在這裡。

「下一組鄭凱藍、李莘孺、張惟努、李德平，請準備。」四人的全名被司儀點出，等台上這組人馬報告完，就是他們登場的時間了。

「呼！」凱藍喘了口大氣，與三位夥伴互碰拳頭，彼此打氣。

「安啦！」握著資料的ANDREW雖然才大二，但凜凜的氣勢反而像鎮隊之寶似的，比凱藍還沉穩。

凱藍打開筆電螢幕，看著自己剛要下筆的新紀實文學資料。這次他打算寫墾丁灰面鷲的遷移故事，特別探討在整體人造環境如此不友善的情況下，候鳥來到人類都市之後會面臨怎樣的威脅。

凱藍總覺得自己也跟這些鳥兒很像，當他回過神時，莘兒已經探頭望著他的筆電螢幕。

「可以看嗎？」她用津津有味的神采問道。凱藍當然點頭。

「妳有什麼想法嗎？學妹。」

莘兒指著凱藍文中尚未完結的一處破碎句子，好奇地問：「『負傷翱翔，只能……』只能怎麼樣啊？」

「每次都斷在這裡，不知道怎麼寫下去。」

莘兒將手掌湊上凱藍的筆電鍵盤，先刪除了一個字，再慢條斯理地呼了口氣。接下來，莘兒一字一鍵地敲出剩餘的句子。

「負傷翱翔，只為了等待羽翼漸豐的那一天。」

讀到這裡，凱藍抬起眼，與阿努對視而笑。

此時，會議燈掃向他們的座位，司儀念起他們的組名。

「該上場了！」莘兒拉著ANDREW率先跳了起來，臉上洋溢著初生之犢的無畏笑容。

（全文完）

TALENT Tool

大大的享受拓展視野的好選擇

大拓 Talent TooL

永續圖書線上購物網
www.foreverbooks.com.tw

謝謝您購買 青春難為：負傷翱翔的每一天 這本書！

即日起，詳細填寫本卡各欄，對折免貼郵票寄回，我們每月將抽出一百名回函讀者寄出精美禮物，並享有生日當月購書優惠！

想知道更多更即時的消息，歡迎加入"永續圖書粉絲團"

您也可以利用以下傳真或是掃描圖檔寄回本公司信箱，謝謝。

傳真電話：（02）8647-3660　　信箱：yungjiuh@ms45.hinet.net

☺ 姓名：　□男　□女　□單身　□已婚

☺ 生日：　□非會員　□已是會員

☺ E-Mail：　電話：（　）

☺ 地址：

☺ 學歷：□高中及以下　□專科或大學　□研究所以上　□其他

☺ 職業：□學生　□資訊　□製造　□行銷　□服務　□金融

□傳播　□公教　□軍警　□自由　□家管　□其他

☺ 您購買此書的原因：□書名　□作者　□內容　□封面　□其他

☺ 您購買此書地點：　金額：

☺ 建議改進：□內容　□封面　□版面設計　□其他

您的建議：

新北市汐止區大同路三段一九四號九樓之一

大拓文化事業有限公司收

請沿此虛線對折免貼郵票，以膠帶黏貼後寄回，謝謝！